CA

DIE EINGELEGTE APOKALYPSE DER PFANNKUCHENINSEL

Aus dem Amerikanischen von
Michael Preissl

VP
VOODOO
PRESS

Titelbild: Christian Krank

ISBN 978-3-902802-12-5

Besuchen Sie uns im Internet

http://www.voodoo-press.com

Für Kirsten. Lass uns für immer Fod essen.

Mein ewiger Dank geht an folgende Personen, die als Legenden verewigt werden, da sie die eingelegte Apokalypse möglich gemacht haben:

Rhys Alton, Piers Anthony, Forrest Armstrong, Jeff Burk, Joshua Byrnes, Alan M. Clark, Danielle Clark, Edmund Colell, Justin Coons, Ray Dittmeier, Anthony Fischer, Corrinne Garrison, Mykle Hansen, Chrissy Horchheimer, Jeremy Robert Johnson, Vince Kramer, Michael Livsey, Nicola McClements, Carlton Mellick III, Angela Molinar, Rose O'Keefe, Kelly Pierce, Sam Pink, Andersen Prunty, Sam Reeve, Rachel Roeske, Michael Rose, Michael Sauers, Kevin Shamel, Jay Sigler, Shane Sinsapaugh, Bruce Taylor und Richard Tingley

»Ich wünschte, ich hätte Hunger auf Hamburger, statt auf Kugeln.«
– Richard Brautigan, *So the Wind Won't Blow it All Away*

»Eine geierhafte Langeweile nagelte mich an diesen Baum. Wenn er ich wäre, hätte er das getan, was ich getan habe.«
– Sylvia Plath, *The Hanging Man*

»Und wir könnten glücklich sein
Und wir könnten glücklich sein
Und wir könnten glücklich sein
Und wir könnten glücklich sein«
– Daniel Johnston, *The Monster Inside Of Me*

DER SCHÖNSTE PFANNKUCHEN IM UNIVERSUM

FANNY WINTER FOD

Fanny W. Fod besaß Erdnussbutterlippen, Blueberryaugen, Schokochipsgrübchen und Haare weicher als Zimt. Sie zapfte das beste Ahornbier im Universum, füllte es in Flaschen und vertrieb es auf der gesamten Pfannkuchen-Insel. Die Pfannkuchen liebten ihr Bier. Sie genossen es bis auf den letzten Tropfen. Sie winkten und riefen: »Danke dir, Fanny Fod!« Sie jubelten: »Hurraaah, wir sind so glücklich. Lasst uns für immer glücklich sein. Lasst uns eine Parade des Glücks veranstalten.« Und so genossen die Pfannkuchen Fanny Fods Bier und veranstalteten täglich eine ultra leckere Parade des Glücks.

Sie wussten aber nicht, dass Fanny Fod, der hübscheste Pfannkuchen im Universum, sich in ihrer Seele krank fühlte.

Es war Nacht auf der Pfannkuchen-Insel. Die Pfannkuchensonne schlummerte in ihrem Bett zwischen den Sternen. Ihr Schnurrbart glühte wie ein pelziges Nachtlicht.

Fanny Fod lag auf ihrem Rücken auf dem Dach ihrer grünen Zucchiniburg. Jeder Pfannkuchen lebte in einer Burg, doch Fannys Burg war die Einzige aus Zucchini. Wie auch immer, dies verursachte keinerlei Eifersucht zwischen den Pfannkuchen. Die anderen waren glücklich in ihren Kartoffelburgen. Die waren auch etwas Besonderes. Kartoffelburgen wurden älter, sie wuchsen und verbanden sich mit weiteren Burgen. Nach vielen Jahren lebten die Pfannkuchen in einem riesigen Bund aus Kartoffeln, einem riesig verbundenen Königreich. Alle, bis auf Fanny Fod. Sie zog es vor, alleine zu leben.

Fanny Fod, der schönste Pfannkuchen der Insel, lag also auf dem Rücken auf dem Dach ihrer Zucchiniburg und starrte zu den Sternen. Sie wusste, es existierten eine Menge trauriger Geschöpfe im Universum. Sie wünschte, sie könnte ihnen helfen. Vielleicht könnte sie ihren Sirup in Flaschen füllen und in den Weltraum befördern. Vielleicht existierte dort draußen ein trauriges Geschöpf, das so wie sie in Monogamie lebte.

Fanny Fod sehnte sich nach jemand Traurigen, den sie lieben und glücklich machen konnte. Sie hatte schon viele romantische Beziehungen mit anderen Pfannkuchen gehabt, aber die Liebe zwischen zwei glücklichen Geschöpfen war einfach zu süß.

Glück war alles, das sie jemals gefühlt hatte. Sie fragte sich, wie es wohl wäre, traurig zu sein. Es muss anders sein, dachte sie. Da muss es etwas anderes geben außer Glück. Sie wusste, etwas Seltsames ging vor, das sie auf solche Gedanken brachte. Weil jeder so wie sie das Glück liebte. Sie war immer schon glücklich gewesen, aber in manchen Nächten wünschte sie sich, dass es nicht so wäre. Sie überlegte, ob nicht eventuell das Knuddelmonster, das sie im Kerker gefangen hielt, irgendwie daran schuld war. Oder vielleicht waren diese seltsamen Gedanken und Gefühle Sehnsucht und Verlangen nach abstrakten oder nicht existenten Dingen – Gedanken und Gefühle, die zwar kein Glück waren – jedoch die Folge daraus? Weil sie sich diese herbeiwünschte. Vielleicht machten alle Pfannkuchen das durch, nur wollte keiner darüber sprechen?

Vielleicht lag es wirklich am Knuddelmonster. Sie fürchtete sich vor dem Knuddelmonster. Sie bangte, dass die Pfannkuchen etwas über das Knuddelmonster erfahren könnten. Das Knuddelmonster war ihr größtes Geheimnis. Sie fragte sich, ob alle Pfannkuchen ein großes Geheimnis besaßen, und sie dieses nur für sich behielten.

Fanny Fod schloss ihre Augen, damit sie nicht die um den Sonnenschnurrbart tanzenden Sterne sehen musste. Sie stand mit geschlossenen Augen auf und tastete sich entlang der Zucchiniburgzinnen und lehnte sich mit ihren schwammigen Ellbogen über den Sims. Sie beugte sich vor, dabei kniff sie immer noch ihre Augen zusammen. Sie fragte sich, was wohl passieren würde, sollte sie fallen. Oder springen. Ist doch ein und dasselbe, zu fallen oder zu springen, dachte sie. Sollte sie vor die Wahl zwischen Springen und Fallen gestellt werden, so würde sie sich für das Springen entscheiden. Zu schade, dass ich glücklich bin. Sollte ich springen, oder durch einen Unfall hinabstürzen, würde ich aufsteigen, denn das ist alles, wozu ich fähig bin. Glückliche Dinge steigen nun mal auf. Ich könnte im Vorgarten in Fetzen gerissen werden und sogar dann würde ich aufsteigen. Selbst wenn sie ihren Tiefpunkt erreichen, steigen glückliche Dinge auf. Wenn man glücklich ist, verbessert sich ständig alles. Werden sich die Dinge für mich verbessern, oder wird mein Leben dasselbe bleiben, fragte sie sich.

DIE EINGELEGTEN TAGEBÜCHER

EIN RAUMSCHIFF FÜR DIE TRAUERTAG-PARTY

Hallo, ich heiße Gaston Glew.

Ich fühlte mich selbstmörderisch an diesem Morgen, so stolperte ich hinaus und stand im Salzwassersturm. Meine sechzehnte Trauertag-Party stand für heute an. Aufgrund dessen war ich selbstmordgefährdet, und weil ich als Salzgurke geboren worden war. Früher oder später bringen sich alle Salzgurken um. Wie auch immer, zurück zur Trauertags-Party.

Mutter hatte versucht, mir einen Kuchen zu backen, schlitzte sich dabei allerdings ihre Handgelenke auf. Vater war so besorgt, dass er einen epileptischen Anfall erlitt. Ich brachte mein einziges Geschenk auf mein Zimmer. Alleine löste ich die rostigen Riegel der hölzernen Schachtel. Sie war leer. Meine Eltern waren dermaßen deprimiert gewesen, dass sie vergessen hatten, mir das übliche Geschenk des sechzehnten Trauertages zu kaufen: eine Schrotflinte.

Also ließ ich die Kiste fallen und trampelte so lange darauf herum, bis sie in viele Teile zerbrach. Ich beschloss diesen Ort für immer zu verlassen. Diese Entscheidung hatte ich schon vor langer Zeit getroffen. Ich hasste diesen eingelegten Planeten. Ich hasste Salzwasser. Jeder Salzgurke wurde zum sechzehnten Trauertag eine Schrotflinte geschenkt, nur mir nicht. Ich vermute, dass ich keine gewöhnliche Gurke bin. Denn ich verehre meine Traurigkeit nicht.

Wir befanden uns im Wohnzimmer. Vater und Mutter lagen am Boden, Seite an Seite. Ihre Gesichter waren ausdruckslos. Mutters Handgelenke bluteten.

»Vater?«

»Ja, Sohn?«

»Wirst du mir originale Captain Pickle Triebwerke besorgen? Mein Raumschiff könnte diese gut brauchen. Es ist mein Trauertag.«

»Ist *Nichts* nicht genug? Deine Mutter hat sich gezwungen, es heute Morgen selbst zu verpacken.«

»Ich verdiene mehr am sechzehnten Trauertag. Tu' ich doch, oder?«

»Nein, tust du nicht«, antwortete Vater. »Verschwinde jetzt. Hau ab. Verschwende deine eigene Zeit. Bau dein dämliches Raumschiff alleine. Es kümmert mich nicht.«

Vater rollte sich auf Mutters Seite und schrie sie an. Er schimpfte sie erbärmlich, behauptete, ihre Ehe wäre eine Enttäuschung und bezeichnete mich als wandelnde Abtreibung. Er nannte sie bemitleidenswert. Ich ließ sie am Boden liegen und begab mich in die Küche.

Ich öffnete die Hintertür und schloss sie leise hinter mir. Ich zitterte.

Der umgefallene und vor sich hin faulende Kaktus zuckte im schlammigen Hof und langte nach den vom Himmel herabhängenden Algenschlingen. Salzwasserstürme machten Kakteen krank. Ich dachte, wie glücklich er sich schätzen durfte, krank zu sein.

Die Stürme überzogen alles mit einem gelben Schein.

Ich beugte mich über den Kaktus und zog eine Handvoll Knoblauchspinnen aus dem Schlamm. Diese benötigte ich für die Fertigstellung meines Raumschiffs. Knoblauchspinnen ernährten sich von Kakteen, so war es ein leichtes, sie zu finden. Ich stopfte die Spinnen unter mein ausgebeultes Gummihosenband.

Schnurstracks kehrte ich zurück zu unserem grünen kuppelförmigen Haus und in mein Zimmer. Aus dem Schrank holte ich mein Raumschiff und stellte es auf dem Boden parallel zu meinem Bett ab.

Es war fast startklar. Heute würde ich es fertigstellen. Noch vor Einbruch der Dunkelheit wollte ich damit in den Weltraum fliegen. Dort würde ich auf Glück statt Trauer treffen.

Ich holte den Laderaum unterhalb des Bettes hervor und setzte ihn zwischen Bett und Raumschiff ab. Er bestand aus der Leiche einer Gurke, die etwa doppelt so groß wie ich war und mir genügend Platz für meine Salzbrühen bot, sollte ich während der Reise hungrig werden.

Ich krabbelte ins Cockpit und nagelte eine Knoblauchspinne auf das Armaturenbrett. Ihre blassen Eingeweide verteilten sich über meinen Händen. Ich nagelte weitere Knoblauchspinnen an. Ihre weiß durchbohrten Leiber formten perfekte Knöpfe. Sie quietschten und kreischten, während sich die Nägel durch ihre matschigen Köpfe bohrten. Ich stellte mir vor, sie seien ich oder ich wäre sie. Nicht einmal dieser Fantasie gelang es, mich glücklich zu machen. Das war die ewige Notlage der Salzgurken. Wir waren immer traurig.

Ich konnte es nicht mehr ertragen. Ich musste alles zurücklassen.

Die Entstehung dieser nicht enden wollenden Notlage ist auf ein paar Hundert Jahre zurückzuführen, als sich das Klima des eingelegten Planeten drastisch verändert hatte. Unsere Vorfahren, die sich selbst den Namen Salatgurken gaben und diesen Planeten Salatgurkenplanet getauft hatten, hinterließen eine Menge Bücher und Bilder über diese Weltveränderungen.

Früher herrschten jegliche Arten fröhlichen Wetters. Glückliche Hurrikans und lächelnde Tsunamis. Das Wetter verbreitete dermaßen viel Glück, dass alle Salatgurken den ganzen Tag ihres Lebens spielten und tanzten. Es waren gesunde Lebewesen. Sie waren fromm. Sogar der Tod war eine tolle Sache.

Ein paar Salatgurken gebaren die glorreiche Idee, Glücksgefühle in Flaschen und Dosen abzufüllen. Als allerdings das Wetter traurig und salzig wurde, neigten sich diese Reserven rasch dem Ende zu. Die Salatgurken begannen, sich dem Planeten anzupassen. Im Laufe weniger Jahre verwandelte sich das absolute Glück in absolute Trauer – und aus Salatgurken wurden Salzgurken.

Wir bezeichneten unsere eingelegte Situation als ewige Notlage, weil Elend alles war, was unserer Rasse geblieben war. Niemand fühlte sich auch nur eine Sekunde lang wohl. Hätten unsere Vorfahren die Bücher und Bilder nicht hinterlassen, hätte niemals eine Salzgurke davon erfahren, dass jemals etwas Gegenteiliges als Trauer existierte.

Es gab nur wenig Hoffnung, dass irgendwo im Universum ein wenig Glück übrig geblieben war. Diese verwaschene Hoffnung säuerte unser eingelegtes Herz zusätzlich. Sie förderte unsere Trauer weiter und weiter. Ich konnte mit der Verehrung der Trauer einfach nicht so weitermachen, wie es der Rest der Salzgurken tat. Ich musste die Trauer zurücklassen, ohne eine Ahnung davon zu haben, was ich zu erwarten hatte.

Befreie dich selbst aus dem salzigen Schicksal, oh eingelegter Gefangener! Schrieb ich mit Kakteenblut auf die Bordwand meines Schiffes.

Befreie dich selbst aus dem salzigen Schicksal, oh eingelegter Gefangener! Das war Captain Pickles Motto, dem Superhelden, den wir liebten zu hassen. Während wir seine Sendung ansahen, schrien wir dem Fernseher Obszönitäten zu. Wir fuhren uns ins Gesicht und rollten uns auf dem Boden hin und her. Unsere Abscheu Captain Pickle gegenüber machte uns irre. Insgeheim bewunderte ich ihn. Ich kritzelte sein Motto auf die Hülle meines Raumschiffes. Selbst wenn wir niemals die Sorgen unserer Salzlake überwinden sollten, wie es uns die Gesetze des Universums vorhersagten, war dies keine Ausrede, einen Versuch zu wagen.

Ich musste mich in den Weltraum schießen, um nach dem Glück zu suchen, egal wie klein oder unbedeutend es sein mochte. Egal wie sehr ich scheitern würde.

Doch sollte ich auf Glück treffen, würde ich es überhaupt erkennen?

Alles, was ich darüber wusste, hatte ich aus Büchern und Bildern, zusammengefasst von totem Gemüse. Ich lag nachts oft wach und überlegte, ob Glück eine Lüge war oder nicht.

Ich tötete die Knoblauchspinnen so lange, bis mir die Nägel ausgingen. Ich fühlte mich so schwach und müde, dass ich kaum noch den Hammer halten konnte. Ich schämte mich für mein Raumschiff. Es enttäuschte mich. Ich enttäuschte mich selbst. Niemals würde ich es zu Ende bringen. Niemals würde ich den eingelegten Planeten verlassen. Ich richtete mich für einen Traum zugrunde und all das für nichts. Ich streichelte den zerdrückten Leib einer Knoblauchspinne und wünschte mir dabei, dass ich als Kaktus geboren worden wäre. Ich wisperte dem zuckenden sterbenden Ding etwas zu.

Ich verstand keines der Wörter die ich flüsterte.

Depression töteten meinen Verstand.

Ich kroch in mein Raumschiff und bibberte im Cockpit. Außer dem eingelegten Gehäuse bestand das ganze Schiff aus Knoblauchspinnen, eingehämmerten Nägeln und Kot meiner Familie. Der Kot war das härteste Material, das ich fand, weil wir alle seit Wochen an Verstopfung litten. Mein Schiff war verfault, Verfall auf Verfall. Ich musste es fertigstellen, bevor das Ganze zerfiel, kletterte aus dem Schiff und las Captain Pickles Motto. Mit grüner Farbe kleckste ich einen Punkt unterhalb des Rufzeichens des Slogans. Ich fühlte mich ein wenig besser.

Zwei Antriebe fehlten mir, damit ich mich für immer von diesem verrückten Planeten befördern konnte. Was wäre mir dazu wohl dienlich?

Ich blickte mich in meinem Zimmer um. Kahle Wände und Teppiche. Ich besaß geradezu nichts. Die Kakteen aus dem Hof könnten funktionieren. Andererseits nahm ich nicht an, dass sie es verdient hätten, glücklich zu sein. Dafür waren sie zu dämlich.

Ich verließ mein Zimmer und schlurfte mit auf den Boden gerichteten Blick den Flur entlang. Ich schüttelte mein geschrumpftes Gehirn für ein paar Ideen zusammen. Wenn Vater nur gütiger wäre.

Ich öffnete die Hintertür, dabei richtete ein *Schwanken* in der

Küche meine Aufmerksamkeit auf sich. Ich schaute auf ein großes schlankes, gurkenförmiges Objekt, genau das, was ich als Antrieb gebrauchen könnte. Ein Gespenst, dachte ich. Eingelegte Gespenster waren schlau. Darum huschte ich in die Küche, bevor es noch die Chance hatte, sich davonzuschleichen.

Ich fühlte mich, als hätte ich gebrüllt: »Jetzt hab ich dich!«

Hatte ich aber nicht.

Mit einem einzigen Satz sprang ich vom Flur in die Küche und umklammerte ihn. Der Geist war nicht das, was ich erwartet hatte. Der Geist war Vater, der von der Küchendecke baumelte.

»Vater?«

Ich sprang hoch, damit ich an das Seil, das um seinen Hals gewickelt war, herankam. Kurz dachte ich, er machte möglicherweise einen Trauertags-Spaß und täuschte sein Erhängen vor. Seit jenem Tag, an dem mich Mutter zur Welt brachte, nahm ich Vaters Melancholie und Tendenz zum Selbstmord wahr.

Ich krallte mich in seine Seiten. Sein Fleisch löste sich streifenweise ab und schob sich unter meine Nägel.

Ich war wütend. Ich fühlte mich als Opfer eines unaussprechlichen Verbrechens. Heute war *mein* Trauertag. Vater war fort und warf über alles einen Schatten. Was für ein Vater stirbt am Jahrestag der herzzerreißenden Geburt seines Sohnes? Ich wollte mich nicht mit trauern aufhalten. Ich musste Vater von der Decke bekommen. Seine Leiche würde der ideale Antriebskörper sein.

Nachdem ich die Schlinge um ihn herum entwirrt hatte, sackte er auf mich herab. Ich schob ihn beiseite. Er wog weniger als eine Dose Salzbrühe. Beinahe vier Fuß lang, etwa einen Fuß länger als ich, dennoch wog ich mehr als zehn Dosen. Vater war ein wenig magersüchtig gewesen. Mutter und ich standen ihm jedoch immer bei.

Vaters Fleisch verfärbte sich von grün zu schwarz, während ich ihn in mein Zimmer trug.

Es befanden sich jeweils ein Steckplatz auf jeder Seite des Schiffes. Vater verlud ich in einen davon. Ich schob ihn so hinein, dass sein Kopf herausragte. Sollte ich dort draußen Glück entdecken, würde es vielleicht seinen Kadaver segnen, damit er in Frieden verrotten konnte. Tot zu sein war angeblich schmerzhafter als das Sterben. Ihn im Triebwerk eins zu sehen, erinnerte mich kurz daran, als ich ihn zuvor hängend sah. Sein Selbstmord war nicht so übel. Es war Zufall.

Mich plagte ein schlechtes Gewissen wegen Mutter. Sie war unfähig alleine zu leben. Ich ging über den Flur ins Wohnzimmer. Sie schlief am Boden. Ich kniete mich neben sie und schüttelte sie ein wenig und sagte: »Vater ist tot.«

Keine Antwort.

»Mutter?«

Ich rüttelte sie nochmals.

Da entdeckte ich Schlitze entlang ihrer Arme und realisierte, dass sie es dieses Mal geschafft hatte. Mein Trauertag verwandelte sich in eine Familiensterbeparty. Ich fragte mich, ob sie das seit jeher geplant hatten, und vergoss drei Tränen, eineinhalb für jeden Elternteil.

Ich schulterte Mutter und begab mich zurück zur Rakete und verlud sie in Triebwerk zwei. Danach packte ich mehrere eingelegte Brühen in den Laderaum, zog meinen gelben Raumanzug an und zerrte das Raumschiff aus meinem Zimmer hinaus in den Hinterhof. Der Salzwassersturm hatte sich mittlerweile gelegt. Es herrschten ideale Startbedingungen.

Ich kletterte in das Cockpit, schnallte mich fest und wollte so schnell wie möglich starten. Ich betätigte ein paar weiße Spinnentasten und die Triebwerke zündeten. Mutter und Vater würden bald zu Asche zerfallen. Hoffentlich, bevor sie aus ihrem Tod erwachten.

»Du solltest besser aufpassen, Glück, denn jetzt komme ich, um dich zu holen«, sagte ich und war dabei, dieser ewig eingelegten Plage für immer zu entkommen.

Von hoch oben sah der eingelegte Planet wie ein Ort aus, den man besuchen sollte.

Der Erbsenschimmer in der Suppe schien reichhaltig und fruchtbar, obwohl der Boden nichts als Kakteen nährte, die seit dem Ende der Gurkentage hier wuchsen.

Meine Atemzüge wurden leichter. Ich bekam mehr Luft und behielt sie länger in mir. Und ich spürte, wie eine Schwere meinen Kopf verließ, je mehr diese grünen gewölbten Häuser verschwanden. Mutter und Vater beförderten mich schnell aus der Atmosphäre.

Grelle weiße Lichter erstrahlten um mich herum, blendeten mich. Noch nie zuvor hatte ich so eine Helligkeit erlebt. Mit den Handflächen verdeckte ich mir die Augen. Ich zog am Spinnenring, der das Lenkrad bildete. Mein Sehvermögen flackerte und wurde statisch. Das weiße Rauschen eines bevorstehenden Anfalls brachten Stimmen der Vergangenheit in meinem Kopf zum Erklingen. Sie explodierten in einer Serie von Hitzewallungen. Mein Hirn dehnte sich in ein Millionen Meilen langes geliertes Seil und zerriss. Die grellen Lichter brachten mich um.

Ich steuerte direkt auf sie zu. Irgendwie musste ich sie umfahren, aber da gab es nichts, um ihnen entkommen zu können.

Ein Anfall kündigte sich an.

Mein Körper kämpfte gegen den Gurt an. Ich rang mit mir selbst, um die Kontrolle zu behalten.

Ich gewann die Kontrolle.

Ich setzte dem Anfall ein Ende, bevor es böse ausging.

Ich gewann.

Ich enthüllte meine Augen und betätigte jene Spinnenknöpfe, die den eingelegten Lautsprecher anstellten, drückte eine Taste und sprach in eine zusammengebastelte Brühenkanne. Meine Stimme schallte meilenweit. Die eingelegten Wissenschaftler bestanden darauf, dass die Stimmen ungehört in den Weltraum drangen, aber sie waren die meiste Zeit zu traurig um ihre Experimente zu beenden. Sie wussten nichts über den Weltraum.

Also hielt ich die leere Dose über meine Lippen und fragte: «Grelle Lichter, seid ihr das Glück?«

Mit einer unglaublichen Geschwindigkeit kam ich ihnen näher. Augen und Mund formten sich auf jedem der Lichter, als kehrten sie wieder ins Leben zurück. Sie sahen klumpig und unförmig aus. Sie besaßen Arme und lange Schwänze. Meine Rakete flog weiter voran.

Ich versuchte es erneut. »Grelle Lichter, seid ihr das Glück?« Dann betätigte ich einen anderen Knopf, um die Rakete etwas abzubremsen und wischte mir den Speichel aus dem Mundwinkel.

»Grelle Lichter, seid ihr Glück?«

»Wir sind nicht das Glück«, antworteten sie. »Wir sind Geister eines schwarzen Feldes. Wir haben keine besondere Bedeutung. Wir können dir weder helfen, noch dich passieren lassen.«

Mich durchlief ein Schauer. Ich schwitzte Salz. »Wenn ihr mich nicht passieren lassen könnt, könnt ihr mir wenigstens verraten, wo ich das Glück finde?«

»Glück ist nichts, auf dessen Suche sich eine Salzgurke begeben sollte«, sagten sie. »Wir können das nicht zulassen. Ihr seid eine Krankheit. Ihr zerstört alles.«

»Ich habe den eingelegten Planeten satt. Ich bin der Trauer müde und möchte einfach etwas anderes, irgendetwas.«

Mich trennte nur noch eine kurze Distanz von den Geistern.

»Wie kommst du darauf, dass etwas Besseres existiert? Wieso nimmst du an, dass das Glück nicht ausgestoben ist?«

»Das verrät mir ein inneres Gefühl«, antwortete ich. »Ich fühle, dass da draußen etwas nach mir ruft. Ich verdiene es, herauszufinden wer oder was es ist. Ich verdiene das Glück und verdiene, alles davon zu haben.«

»Und genau deswegen darfst du es nicht haben. Du kannst nicht alles haben. Jetzt kehre um und begib dich zurück zu deinem Planeten. Schnell, bevor du uns infizierst. Allein deine Rasse aus weiter Entfernung zu beobachten, bringt uns genug Leid.«

Ich lockerte meinen Griff um das Spinnenlenkrad. Die Lichter verdunkelten sich und schlossen das mentale Fenster, durch das die psychischen Aussagen vorgedrungen waren. Vielleicht gaben die meisten Salzgurken zu früh auf, aber diese Geister waren dumm, sie unterschätzten mich. Ich hatte meine Rakete mit Knoblauchspinnenkanonen ausgestattet. Für Fälle wie diesen.

Meine Hände betätigten die Waffenknöpfe, spien den Geistern zwei riesige, unregelmäßige Strahlen hungriger Knoblauchspinnen entgegen.

»Aus dem Weg, Geister!«

Die Spinnen gruben sich in ihr Fleisch. Ein Teil von mir wollte zusehen, wie ihre geisterhaften Organe im dunklen Weltraum fortschwammen, aber ich wusste, dass meine Zeit begrenzt war.

Ich brauste an ihnen vorbei, als sie sich in ihre eigenen Löcher krallten.

Sie rissen sich die Spinnen aus ihren Wunden und winselten mir zu, die Fütterung zu stoppen.

»Aus dem Weg, Geister!«

Als ich mich wieder auf Kurs befand, zog ich meilenweite Spuren weißen Blutes.

Außerhalb des Schiffes wurde alles eintönig. Ich würde es nicht Dunkelheit nennen. Es war weniger als das. Eine Leere.

Ich schaltete auf Autopilot um und schloss meine Augen.

Der Weltraum war eine erdrückende Belastung. Ich bangte, niemals auf ein anderes Lebewesen – geschweige denn einen anderen Planeten – zu treffen.

Mir fehlte jede Möglichkeit, die verstrichene Zeit zu messen. Nichts, das mich umgab, fühlte sich real an. Wann immer es in mir rumorte, nippte ich an einer Büchse kalter Salzbrühe, jedoch so alleine und unbeschäftigt wurde mir klar, dass diese Salzbrühen meine deprimierenden Gedanken weiter am Leben hielten. Ich war dabei, die konzentrierte Essenz meines Heimatplaneten zu verschlingen. Als ich das erkannte, wusste ich, dass diese Brühen meine Mission gefährden würden.

Sofort stellte ich es ein und beschloss, so lange nichts mehr zu essen, bis ich das Glück fand. Ich fühlte mich weniger depressiv, als ich damit aufgehört hatte. Dennoch, die Langweile und Einsamkeit des Weltraums zollte ihren Tribut. Ohne Nahrung in meinem Magen, und ohne in meinen kleinen Schiff herumspazieren zu können, begann ich zu faulen. Meine Haut trocknete aus. Fieber kam dazu. Meine Kehle juckte. Übelkeit. Schmerzen im Kreuz. Die Beschwerden vermehrten sich, bis ich mich dazu zwang Salzbrühe zu essen. Salz stimulierte meine Trauer und die Trauer war ein integraler Bestandteil meiner Biologie. Ohne Trauer war ich nicht mehr ich selbst.

Irgendwann während meines Fiebers öffnete ich die Augen mit jener Erwartung, noch mehr Leere zu erblicken. Allerdings hatte sich die Leere verwandelt. Mein Raumschiff tauchte kopfüber in eine goldblubbernde Sphäre.

Der Autopilot hatte versagt. Ich war tot.

WIE DIE SONNE DURCH TRÜGERISCHE HÄNDE EINER GURKE STARB

Meine Rakete stürzte in die Wellen eines goldenen Meeres. Ich war heilfroh, dass es ganz geblieben war. Wer wusste schon, welche Wesen sich in diesen Gewässern herumtrieben?

Die Luft roch süß.

Ein großes, flaches rundes teigiges Ding pfiff am Himmel eine fröhliche Melodie.

»Ich bin die Sonne«, sagte es.

Die pfeifende Sonne beunruhigte mich. Die Sonne auf dem eingelegten Planeten pfiff nie. Sie stieß Flüche und Todesdrohungen aus. Sie flüsterte Noten der Entmutigung. Noch seltsamer als das Pfeifen und Flüstern der Sonne war ihr Schnurrbart. Der buschige braune Bart ringelte sich in den oberen Enden ein. Ich fragte mich, warum sie sich das dumme Ding nicht einfach abrasierte. Niemand konnte eine schnurrbarttragende Sonne ernst nehmen.

Verflixt, ich wurde schon wieder zynisch. Ich musste damit aufhören. Sonst würde es mir nie gelingen, mich vom Planeten der ewigen Notlage zu lösen, sollte ich meine Vorurteile und Gewohnheiten nicht ablegen. Ich tauchte meine Hand in den Ozean, fischte einen Klumpen heraus und führte ihn zu meinen Lippen. Dann streckte ich meine Zunge aus und leckte daran. Pure Süße!

Ich schlürfte drei Hände voll Ozean und rieb mich am ganzen Körper damit ein. Der süße Duft der goldenen Flüssigkeit überdeckte meinen Gestank nach Salzlauge. Warme Plätzchen kribbelten in meinem Bauch.

»Entschuldige«, fragte ich. »Was befindet sich in diesem Meer? Was ist dies für ein Ort, und finde ich hier das Glück? Gibt es Biester in diesem Gewässer, oder kann ich sicher an Land schwimmen?«

Die schwarzen Pupillen der Sonne schaukelten in den weißen Sockeln in denen sie untergebracht waren umher. Sie fixierten mich.

»Sehr erfreut, heute einen fremden Reisenden anzutreffen«, sagte die Sonne in baritoner Stimme, die die Oberfläche des Meeres zum Kräuseln brachte. »Willkommen auf der Pfannkuchen-Insel, dem glücklichsten Ort des gesamten Universums. Dem letzten Zufluchtsort der Pfannkuchen gegen die Trauer, die alles verschlungen hat. Nichts in diesem Sirupmeer wird dir Schaden zufügen, dennoch ist das kein Grund, dich an Land zu begeben. Die gebratenen Schinkengeier werden dein Gefährt reparieren. Du wirst damit bald wieder abheben können.«

»Wenn das der glücklichste Platz im Universum ist, kann ich bleiben und glücklich sein?«

»Nein, du kannst nicht bleiben. Du bist kein Pfannkuchen.«

»Das ist unfair. Wer sind diese Pfannkuchen, die diese Privilegien beanspruchen? Warum kann ich von ihrem Glück kein Stück abbekommen?«

»Pfannkuchen sind glückliche Geschöpfe. Es ist nicht mehr Glück übrig. Es gibt nicht genügend Glück um es an Nicht-Pfannkuchen zu verschwenden. Als Sonne und Hüter der Pfannkuchen-Insel, ist es meine Pflicht, Hilfe für Gestrandete zu holen, damit diese bald weiterreisen. Wir müssen unseren wahren Weg des Lebens weiterführen. Wir müssen das Glück bewahren. Ohne uns wäre für jeden das Universum ein trauriger Ort.«

»Das Universum *ist* für jeden ein trauriger Ort«, konterte ich. »Für jeden außer euch, und du bist bloß eine gemeine, alte, dumme Sonne.«

»Ich bin weder alt noch gemein. Ich bin so glücklich, wie man es nur sein kann. Alles macht mich glücklich, denn ich bin ein Pfannkuchen.«

»Okay«, sprach ich, als ob ich zustimmen würde. Ich war ein geborener Betrüger. Ich musste nur die Chance des Gegenschlags abwarten. »Okay, schick deine gebratenen Schinkengeier, und ich werde zu meinen Trauerplaneten zurückkehren. Ich entschuldige mich für jegliche Unannehmlichkeiten, die ich verursacht habe.«

»Es ist mehr als das. Behalte deine höfliche Haltung, und du wirst vielleicht eines Tages einen größeren Einblick in das Glück erhalten, als während deines kurzen Aufenthalts hier. Glück und Trauer sind nicht für immer, weißt du.«

»Ich bin vom eingelegten Planeten. Meine Rasse leidet unter der ewig eingelegten Notlage. Glück mag kurzfristig sein, aber Trauer ist es für immer. Da bin ich mir sicher. Selbst wenn traurige Dinge sterben, halten sie sich für immer. Wir haben keinen Grund für das Sein oder Nichtsein. Wir machen es einfach immer schlimmer.«

»Ich bin die Sonne und der Torwächter, der einzige Pfannkuchen, der sich solcher Kreaturen wie dir bewusst ist ...« Die Sonne hielt kurz inne, schaute sich um, neigte sich zum Meer, flüsterte, und ihr Schnurrbart kitzelte mich am Ohr: »... *begehe Selbstmord.*«

Eine unangenehme Spannung legte sich zwischen uns. Ich wusste, die Sonne war dabei, ihren Satz zu beenden und wünschte, dass dies niemand mitbekam. Aber ihr kalter, befehlshaberischer Ton vermittelte den Eindruck, dass sie davon ausging, dass ich Selbstmord begehen würde. Ich fragte mich, warum die Sonne das von mir dachte. War Gemeinheit sogar der natürliche Zustand glücklicher Sonnen? Oder lag es am Schnurrbart?

»*Selbstmord*", flüsterte die Sonne.

Mein Gesicht war unter ihrem Schnurrbart begraben.

»Hör auf, mich anzuatmen. Und hol die Geier. Dein Schnurrbart kitzelt.«

»*Selbstmord.*«

»Warum sagst du das?«

»Es ist mein liebstes schlechtes Wort.«

Vielleicht hatte ich einen Grund paranoid zu sein. Vielleicht war die Sonne ein eingelegter Pädophiler, als Pfannkuchen verkleidet. Vielleicht war die Pfannkucheninsel gar kein glücklicher Planet.

»*Ich habe nur dann die Möglichkeit schlechte Worte zu sagen, wenn traurige Reisende hier abstürzen. Pfannkuchen kennen keine Schimpfwörter. Sie kennen nur schöne Wörter. Meine Nähe zum Himmel und meine Rolle als Hüter erlaubt es mir, einige Worte und Ideen aufzugabeln. Dinge, die ich aus dem fernen Weltraum wahrnehme, Dinge, die von Leuten wie dir stammen. Ich liebe es, schlimme Wörter zu sagen. Ich liebe es, »Selbstmord« zu sagen. Es ist mein Lieblingswort.*

Mir wurde nie erlaubt, es zu sagen. Mir wurde nie erlaubt darüber zu sprechen, weil ich Tag für Tag mit Pfannkuchen interagiere und diese nichts von all dem verstehen würden, was ich sage. Also sage ich es dir, meine arme Gurke. Du bist unwürdig. Du bist eine Krankheit. Worte für dich und das, was du bist, für den Zustand deines Seins, gibt es in dieser Kultur nicht. Du kannst nicht hierbleiben, weil – so weit Pfannkuchen betroffen sind – keine Traurigkeit existiert. Du existierst nicht.«

Die Sonne stieg zu einem höheren Punkt des Himmels auf. Ich erhob meine Fäuste gegen ihren goldenen flauschigen Körper, schwang meine Fäuste hin und her und schrie: «Ich bin eine Salzgurke! Ich existiere!«

»Oh, ich weiß, dass du existierst«, sagte die Sonne. »Jedoch gehörst du mit deiner Trauer zu den Salzgurken. Kehre heim zu deinem eingelegten Planeten. Kehre zurück und leide mit deiner Spezies.«

Ich neigte mein Haupt, rubbelte mir die Augen und heulte. Echte salzige Tränen flossen heraus, allerdings waren es falsche Tränen. Wie jede Salzgurke konnte ich auf Befehl heulen. Das war Teil meines Plans, und dieser schritt weiter voran.

Die Sonne öffnete ihren Mund und gähnte, als würde ich sie langweilen. Vögel ohne Federn und Knochen flogen aus ihrem Maul. Vögel aus rotem Fleisch und weißem Fett. Korpuskulare Vögel mit Schnäbeln und Krallen aus weißem Fett. Augen, die umherrollten und schmolzen, weil auch sie aus purem Fett bestanden. Das mussten die gebratenen Schinkengeier sein.

Sie kreisten mehrere Male um mein Schiff, mit jedem Kreis tiefer, bis sie landeten. Sie kommunizierten, indem sie ihre knusprigen Flügel zusammenschlugen. Eifrig machten sie sich ans Werk. Auf eine dumme Art und Weise gingen sie die Reparatur an. Ein wenig hier schlagen, an anderen Stellen lecken, sie fetteten und schmierten alles ein. Wenn sie in der Sonne hausten, mussten sie unser Gespräch mitbekommen haben, aber ihnen bei der Arbeit zuzuschauen, machte mir klar, dass es keine Rolle spielte. Diese Vögel waren Idioten. Sie verstanden die Art unserer Unterhaltung nicht. Ich jammerte, dass mein Schiff so für immer verloren war, aber das war egal, denn ich wollte die Pfannkucheninsel sowieso nicht mehr verlassen.

Ich hörte zu heulen auf. Dann lachte ich, gab vor, die schlechte Laune – die mich festgehalten hatte – satt zu haben.

Ich wusste, dass dieses seltsame Gefühl wahrscheinlich von den Händen voll Ozean stammte, und ich dachte ich könnte der Sache näher auf den Grund gehen.

»Entschuldige«, sagte ich. »Ich trank etwas Meer und fühle mich ziemlich wohl. Was ist das für ein Zeug?«

»Ahornsirup«, antwortete die Sonne. »Um zu beweisen, dass ich eine nette Sonne bin, die alle Reisenden fröhlich auf ihren Weg schickt, dürfen diese einen Becher Ahornsirup aus unserem Meer schöpfen.«

»Nur einen Becher?«

»Einen Becher«, bestätigte die Sonne. »Ahornsirup ist die wichtigste Ressource im Universum. Ohne sie wäre unser Glück nicht so süß. Es wäre nichts. Ahornsirup ist eine absolut begrenzte Ressource. Die süßesten Dinge gehen immer zur Neige. Wir Pfannkuchen erfreuen uns über diesen zeitlich begrenzten Zustand. Das ist einer der Gründe, warum wir ein glückliches Leben führen. Im Gegensatz zu dir glauben wir nicht an die Ewigkeit. Für eine Weile werden wir Besitzer des Glücks sein, aber niemand kann sagen wie lange. Wir haben bereits so viel verloren. Die letzten Agavenaffen ringelten sich ein und fielen vor einiger Zeit in einen Schlaf, aus dem sie nicht mehr erwachten. Die Honigpferde verließen uns vor ihnen. Nun schlummern diese Geschöpfe am Grund des Meeres unter deinem ramponierten

Gefährt. Niemand stört die Pferde und die Affen. Ihr Schlaf ist eine glückliche Sache.«

»Du möchtest mir weismachen, dass tote Tiere im Meer des Glücks schlafen?«

»Tote Tiere schlafen in allen Meeren. Das Glück verlangsamt den Prozess des Verfalls. Aber selbst glückliche Dinge zerfallen einmal – nur langsamer. Alles verfällt. Es stellt sich nur die Frage, wann und wie schlimm. Wenn du glücklich bist, ist es angenehm zu verfallen. Zu dem Zeitpunkt des psychosomatischen Zusammenbruchs tanzen Pfannkuchen ins Meer. Leckerer Zerfall.«

»Was ist denn der leckere Zerfall?«

»Es ist sowohl Subjekt als auch Objekt in einem. Die Wahrnehmung zwischen dir und der Welt verfallen. Pfannkuchen erbieten dem leckeren Zerfall die größte Hochachtung. Der leckere Zerfall ist nur jenen Pfannkuchen bekannt, die schon lange Leben gelebt haben. Niemand spricht über den leckeren Zerfall. Es ist einfach etwas, das passiert. Es sind immer die besten Dinge, über die man im Leben nicht spricht. Gäbe es Worte, dies zu erklären, wären es nicht mehr die besten Dinge des Lebens. Der leckere Zerfall ist viel mehr als bloße Worte. Der leckere Zerfall lässt alle Worte dahinschmelzen. Wie Sirup auf einem Schinkengeier.«

Die Geier flatterten mit ihren Flügeln und erhoben sich von meinem Schiff. Sie krächzten hässliche fette Worte. Ich hoffte, sie hatten ihre Arbeit beendet. Andernfalls hätte mich das Glück verlassen und ich würde in großen Schwierigkeiten mit der Sonne stecken.

»Ich denke es ist Zeit zu gehen. Wir wollen dich nicht in unserem Leben haben«, sagte die Sonne.

Die Schnurrbarthaare der Sonne wichen zur Seite, als ich mich mit zittrigen Fäusten durchboxte. Meine Chance war: jetzt oder nie.

Ich betätigte mehrere Spinnentasten. Die Triebwerke husteten die Asche von Vater und Mutter. Das Schiff erwachte zum Leben. Ich stieg auf und nahm Kurs auf die Schinkenspeckgeier und beschoss sie mit Knoblauchspinnen. Sie zischten aus den Geschossen und glitten auf dem Fett der Vögel hin und her. Sie verloren ihren Halt und wurden vom Wind wie achtbeinige Blätter davongetragen. Den Vögeln erging es nicht besser. Das Vogelfleisch plumpste ins Meer. Ihr Fett triefte auf die goldene Oberfläche und blubberte.

Ich schwenkte das Lenkrad Richtung Sonne und ging auf Konfrontationskurs. Ich kniff meine Augen zusammen, um mich vor dem Licht zu schützen. Als ich sie wieder öffnete, traf das Schiff auf den Schnurrbart, bohrte ein grünes Loch in ihr Gesicht und stieß die Sonne hinaus in den Himmel, tot und mit Salzwasser befleckt.

Ich nahm Kurs auf die Küste.

PRIMITIVE AUF PARADE

Ich stieg aus meiner Rakete in eine hektische Pfannkuchen Parade. Wie erhofft, hatte ich es nicht geschafft, in einem abgelegenen Bereich zu landen, aber das war in Ordnung so. Ich hatte die Sonne eingelegt und machte mich auf den Weg landeinwärts.

Ich war mir nicht sicher, ob ich das Gefühl der Wärme als Glück einordnen konnte. Auf einer messbaren Skala war dies sicherlich die geringste Trauer, die ich jemals verspürt hatte. Ich hielt jegliche Hoffnung zurück, die ich eventuell hegte. Wer wusste schon, was diese Pfannkuchen mit mir anstellen würden, sollten sie herausbekommen, dass ich ihre Sonne ausgetrickst hatte.

Ich zerrte das Schiff hinter mir her. Es teilte die Menge tanzender Pfannkuchen. Manche von ihnen fuhren Fahrräder, manche Einräder. Andere winkten mir zu und riefen Dinge wie »Cheers!« oder »Happy Breakfast!«, oder »Cooles Fahrrad!«

Vermutlich verwechselten sie meine Rakete mit einem Fahrrad. Ich kämpfte gegen ein Stirnrunzeln an, lächelte sogar und winkte. »Vielen Dank!«

Ich ließ meine Rakete zurück und drängte mich in ihre Parade.

Die Pfannkuchen trugen alle das gleiche Ahornlächeln. Der Sirup war hart, fixierte ihre Mimik und beeindruckte mit den überspitzten Zügen eines Bauchredners. Ihre Münder bewegten sich nie, wenn sie sprachen. Ihre Haare flossen wie eingelegte Streifen, ohne dunkle Sauce. Ihre sonnenknusprigen Locken sandten Jubel. Die runden drallen Leiber belebten kitzelige Gefühle in meiner Hüfte. Ich fühlte mich nackt und beschämt in meinem schmalen, warzenbedeckten Körper.

Ihre Augen waren aus Ahorn, erstarrt in ihren Höhlen.

Ich fragte mich, was in ihren Köpfen vorging. Waren sie so leer, wie sie aussahen? Ich fürchtete mich vor diesen Pfannkuchen. Neben der Sonne waren sie die ersten glücklichen Lebewesen, die ich jemals sah. Pfannkuchen auf einer Parade konnten nicht die glücklichsten Geschöpfe des Universums sein, doch darüber konnte ich kein Urteil fällen.

Die Parade führte uns durch eine Kartoffelstraße. Völlig überraschend akzeptierten mich die Pfannkuchen und erlaubten mir an diesem Aufmarsch teilzunehmen, so als wäre ich kein verbittertes grünes Monster.

Ich lehnte mit der rechten Seite an einem der Pfannkuchen, gab mich tanzend dem Rhythmus der Menge hin und fragte: »Welchem Zweck dient diese Parade? Ist irgendwer gestorben?« Bestattungen waren der einzige Grund, warum ich jemals an Paraden teilgenommen hatte, und auf dem eingelegten Planeten wurden diese Prozessionen immer für verstorbene Gurken bei einer Beerdigung durchgeführt. Bestattungen brachten mich dazu, viel über den Sinn des Todes nachzudenken. Glücklicherweise hatte ich von Vater und Mutter gelernt, wie man sich an einer Totenfeier zu verhalten hat, nämlich einfach nur bettlägerig zu sein. Manchmal nutzten wir unsere Depressionen für unseren persönlichen Komfort aus. Manchmal erklärten mir Vater und Mutter: »Du wirst dich nie traurig genug fühlen. Täusche Traurigkeit vor, wann immer es nötig ist. Deine Trauer wird immer zu dir zurückkehren. Selbst in unseren aufrichtigsten Momenten waren wir Salzgurken nie wirklich wir selbst.«

Ich wiederholte meine Frage, weil mich der Pfannkuchen offensichtlich wegen des Krawalls seiner Tausenden Kumpanen überhört hatte.

»Die Sonne besitzt eine neue Farbe«, antwortete der Pfannkuchen. »Wir feiern ihre Alte, ihre Neue und all die Schönheit, die noch kommen möge. Ich liebe die Schönheit der Sonne.«

»Ich auch«, sagte ich. Noch nie habe ich von etwas behauptet, das ich es liebe, und hier stand ich nun und sagte ich liebte den Himmelskörper, den ich getötet hatte.

Der Pfannkuchen nahm mich an der Hand. Aufgrund des ungewohnten Gefühls der Berührung eines anderen, zog ich meine Hand zurück. Der Pfannkuchen starrte seine Hand an, gleichermaßen überrascht, wohl weil ich seine Berührung verweigerte, als auch darüber, dass seine Finger nun grün waren.

»Ich bin das Ebenbild der Sonnenschönheit«, rief der Pfannkuchen. »Dies ist die tollste Parade aller Zeiten.«

»Wie oft finden solche Paraden statt?«, wollte ich wissen, um den Pfannkuchen davon abzulenken, dass ich grün war. Und dass seine Hand nun wegen mir eingesäuert war.

»Jeden Tag. Jeden Tag findet so eine wundervolle Parade statt. Gehst du nicht auf alle Paraden?«

Schnell antwortete ich, dass ich das natürlich tat und erblickte in diesem Moment eine monolithische grüne Burg, auf der ein Pfannkuchenmädchen stand. Sie ließ Ballons in den Himmel steigen, und ich verliebte mich ein kleines bisschen. Sogar ohne sie getroffen zu haben. Ich befand mich in der Mitte der Straße. Ich wischte mir salzige Tränen aus den Augen und starrte den Pfannkuchen auf der grünen Burg an. Mein Herz weitete sich und pochte, erwachte aus einem langen Koma.

Nachdem ich den anfänglichen Schock überwunden hatte, mich zum ersten Mal im Leben nicht mehr innerlich tot zu fühlen, zog ich mit der Parade weiter zu einem Festessen auf der anderen Seite der Pfannkucheninsel.

Das Kartoffelwohnviertel endete.

Wir erklommen einen Hügel im Zentrum der Insel – einen Pfannkuchenhügel. Aus seinem Mittelpunkt sprudelte eine Sirup-Fontäne. Die Pfannkuchen gingen in die Knie und schöpften den Sirup aus dem Brunnen. Er floss an ihren Kinnen herab, sickerte in ihre porösen Körper und brachte sie zum Leuchten.

Ich zwängte mich in ihren Kreis und schlabberte von der Sirup-Fontäne. Ab und an erhoben die Pfannkuchen ihre Köpfe, wischten sich über ihre Mäuler und lächelten oder jubelten.

Andere Pfannkuchen tranken aus Kristallflaschen. »Was ist da drin?«, fragte ich den Pfannkuchen zu meiner Linken.

»Fanny Fods Ahornbier. Es ist das köstlichste Bier, das es jemals gab.«

»Wer ist Fanny Fod?«

»Der Pfannkuchen in der grünen Burg.«

»Ah«, antworte ich, den Kopf in den Brunnen neigend.

Ich schlürfte so lange Sirup, bis mein Bauch so aufgebläht war und ich kollabierte. Da lag ich nun und dachte an nichts Besonderes.

Schließlich erhob ich mich, streichelte meinen vollen Bauch und verließ die Parade. Ich begab mich in Richtung der grünen Burg. Dabei zog ich eine eingelegte Fußspur hinter mir her.

ICH KLOPFE AN DEINE TÜR

Die grüne Burg war groß und schmal. Ich ging durch einen Garten voller Pfannkuchenblumen und klopfte an die grüne Tür.

Klopf klopf.

Klopf.

Sekundenschnell öffnete sich die grüne Tür, als hätte sie auf der anderen Seite gestanden und mich durch den Türspion beobachtet.

»Hi«, sagte der Pfannkuchen.

»Mein Name ist Gaston Glew.«

»Ich heiße Fanny W. Fod.«

»Tut mir leid, wenn das peinlich ist.«

»Das ist nicht peinlich.«

Wir lachten nervös.

»Wir teilen einen ersten Moment«, sagte sie.

»Das ist gut«, sagte ich. »Mein Leben bestand aus einem einzig langen Weg aus Rotz und Popel. Wie läuft's bei dir?«

»Du bist nicht aus der Gegend.«

»Ich komme vom eingelegten Planeten.«

»Wie bist du an der Sonne vorbeigekommen? Ich habe einige Reisende miterlebt, die in unsere Atmosphäre eingedrungen sind. Aber die Sonne hat sie alle wieder weggeschickt.«

»Ach, die Sonne und ich haben einen Deal gemacht. Ich stimmte zu und versicherte ihr, jeden Morgen den Bart zu trimmen, im Tausch für meine Bürgerschaft.«

»Das war nett von der Sonne mit dir einen Deal zu machen. Sie ist noch niemals einen Deal eingegangen, mit niemandem. Sie muss gespürt haben, dass du etwas Besonderes bist.«

»Yeah, schätze das war so.«

»Hast du einen Ort auf der Insel, wo du bleiben kannst?«

»Ich bin erst seit ein paar Stunden hier.«

»Du musst angekommen sein, als die Sonne grün wurde. Du musst ihr wirklich gefallen haben, dass sie ihre Farbe geändert hat. Vielleicht wollte sie dich damit aufmuntern. Möchtest du mich in die Küche begleiten? Na, komm schon.«

»Okay«, ich folgte ihr in die Küche.

Sie bat mich, auf ihrem Kartoffelsessel, der um einen Pfannkuchentisch stand, Platz zu nehmen.

Es erklang ein Scharren und ein Kratzen von einer Tür.

»Das Knuddelmonster spürt deine Traurigkeit«, erklärte sie. Sie senkte ihren Blick und machte einen verlegenen Gesichtsausdruck. Wir gerieten in eine höchst peinliche Situation.

»Knuddelmonster?«, fragte ich. »Ist es das, was hinter der Tür ist?«

»Nein, nichts«, sagte sie. »Da ist nichts.«

Das Nichts heulte. Es klang wie »Ra-ra roo! Ra-ra roo!«, immer und immer wieder.

»Da ist mehr als nichts«, sagte ich. »Ich weiß, wie nichts klingt. Das Ding ist mehr als nichts, und es ist unglücklich.«

»Unglücklich? Nichts ist unglücklich auf der Pfannkuchen-Insel.«

Das Ding auf der anderen Seite der Tür klang noch unruhiger, als wir uns darüber unterhielten. Niemand möchte hören, wie andere über einen sprechen. Auf dem eingelegten Planeten war das der Fall, und niemand hat sich je geändert. Wir wurden nur noch trauriger, wenn andere Gurken sich über unsere Traurigkeit beklagten und Dinge sagten wie: *»Was ist falsch mit Gaston Glew? Er tut nicht das, was er heute hätte tun sollen.«*

»Was hätte er heute tun sollen?«

»Er hätte zu einer Beerdigung gehen sollen.«

»Warst du auf der Beerdigung?«

»Nein, aber ich bin etwas Besseres als Gaston Glew, darum bin ich von aller Schuld befreit.«

»Du hast recht, man muss Gaston Glew dafür verantwortlich machen, was für ein gravierender Fehler sein Leben ist. Wir müssen ihn bestrafen.«

»Er denkt, wir lassen ihn vom Haken.«

»Lass ihn uns doppelt so hart dafür bestrafen, damit er doppelt so viel Traurigkeit verspürt wie wir, wenn er glaubt wir lassen ihn vom Haken.«

»Lasst uns ihn dafür bestrafen, dass er nicht traurig genug ist.«

»Wir zeigen ihm, was richtige Traurigkeit bedeutet.« Gegenseitiges Seufzen. »Gaston Glew ist ein Versager.«

»Du musst jetzt gehen«, sagte sie.

Die Psychotrümmer verließen meinen Verstand. Einige ängstliche Gedankenkrümel schwebten durch meine Vision. Ich hob meine Augenbrauen, versuchte geschockt und empört auszusehen. Das Nichts im Keller schrie nun. Das Nichts im Keller konnte die Anwesenheit einer so traurigen Figur wie mir nicht ertragen.

Ich senkte meine Augenbrauen und runzelte die Stirn, als ob ich verwirrt wäre, obwohl ich genau wusste, was los war, vielleicht sogar mehr als sie. »Was habe ich getan?«, fragte ich. »Ich war bloß ein wenig abgelenkt. Du nicht?«

»Pfannkuchen sind durchgehend zu glücklich um sich Gedanken über Ablenkungen zu machen.«

»Heißt das nicht, dass alles eine Ablenkung ist?«

Sie wandte sich um und deutete mir, ihr zu folgen.

»Wirfst du mich raus?«

»Du kannst nicht hierbleiben, du musst gehen. Geh irgendwohin.«

»Aber wir haben uns doch gerade erst kennengelernt. Ich fühle mich von dir angezogen, Fanny Fod. Du warst es, die mich an diesen Ort gerufen hat, nicht das Glück.«

»Du solltest deine Möglichkeiten ausloten. Ich bin nur ein Pfannkuchen. Das wahre Glück ist mehr als das Glück aller glücklichen Pfannkuchen zusammen. Du hast das Nichts verärgert. Ich finde es prima, dass du mein Schloss aufgesucht hast, aber ich kann dich nicht mein Leben ruinieren lassen.«

»Du solltest mir eine Chance geben.«

»Verlasse meine Burg.«

»Das wirst du noch bereuen.«

»Wie kann ich irgendwas bereuen? Ich bin glücklich. Außerdem kenne ich dich nicht einmal.«

»Toll, dann hau ich ab«, sagte ich. »Aber nur, wenn du mir vorher dein Nichts zeigst.«

Blaue Tränen kullerten aus ihren Blueberryaugen, als sie zu heulen begann. »Geh fort, bevor das Knuddelmonster stirbt. Es spürt deine Traurigkeit. Das Knuddelmoster ist mein Ein und alles.«

Eigentlich hätte ich versuchen sollen, sie zu trösten. Aber ich erhob meine Stimme: »Was ist das Knuddelmonster? Du hast mir erklärt das ist Nichts. Ein Knuddelmonster ist mehr als nichts. Du bist eine Lügnerin. Wie kann es meine Traurigkeit spüren? Hier auf der Pfannkucheninsel existiert keine Trauer. Es ist keine Trauer mehr in meinem …«

»Los, verschwinde! Deine Trauer tötet es!«

Sie verlor ihre Fassung. Ähnlich einer Gurke, verlor sie die Kontrolle.

»Gut, dann verlasse ich dich und dein Biest.« Ich wandte mich um und ging zur Zucchinitür.

Als ich über den Rasen schritt, hinterließen meine Fußstapfen salzige Vertiefungen. Die Pfannkuchenblumen näherten sich meinen Spuren, erhoben ihre Häupter, würgten und spien grünlich schwarzen Sirup aus, wie es die Kakteen auf meinem Planeten machten.

Die tote Sonne spie grünen Schleim über den Horizont. Ich schaute zu ihr hoch und fühlte mich schlecht für das, was ich ihr angetan hatte. Noch nicht mal einen halben Tag war ich da, und schon hatte ich so viel Schaden verursacht. Ich hatte noch nicht mal darüber nachgedacht, was ich hier zu tun gedachte. Ich hatte noch nicht einmal die volle Glückserfahrung erreicht, fragte mich aber schon, ob es wirklich das war, was ich mir wirklich wünschte. Die Pfannkuchen genossen sich offensichtlich selbst, aber wenn alles daraus bestand, jeden Tag zu schlemmen und Partys zu feiern – ja, dann war es nicht wirklich das, was ich wollte. Ich wünschte mich freier und relaxter zu fühlen, aber womöglich hatte die Sonne recht. Vielleicht wäre es besser, in mein Raumschiff zu steigen, und zurück zu meinem eingelegten Planeten zu fliegen. Offensichtlich gehörte ich hier nicht hin. Es war wohl besser, diese glücklichen Geschöpfe nicht noch mehr zu stören, als ich es bereits tat.

Aber dieser Pfannkuchen in seiner grünen Burg schien anders als die anderen. Sie schien wie jemand, mit dem ich mich unterhalten könnte. Schon als ich ihr dabei zusah die Ballons über die Insel steigen zu lassen, wünschte ich mir, zu ihr zu klettern und für immer mit ihr in ihrer Burg zu verweilen. Trotz der Aussicht, noch mehr zauberhafte Pfannkuchen auf dieser Insel zu entdecken, und vielleicht die Wurzeln des Glücks zu finden, hatte ich den Wunsch verloren, weiterzusuchen. Ich hatte gefunden, weshalb ich gekommen war, und ich wollte ihr zeigen, dass ich nicht nur des Glückes wegen durch das halbe Universum gereist war. Ich war durch das halbe Universum gereist, um sie zu finden.

Ich kehrte um und ging wieder zu ihrer Haustür. Sie hatte mir zugehört. Sie war dabei gewesen, alles über die nicht enden wollende Notlage der Salzgurken zu erfahren, und wie sie mich mit ihrer Liebe heilen könnte.

Klopf klopklopf klopf klopf.

Klopf. Klopf.

Klopf, klopfklopf … klopf, klopf …

Klopfklopfklopf

Klopf klopf klopf

Klopfklopfklopfklopfklopf …

»Hey, was machst du da?«, rief einer, mein Klopfen unterbrechend.

Ich wandte mich um. Der Schreihals war ein Pfannkuchen.

»Ich bin von der Türinspektion und inspiziere Türen«, gab ich vor und bedauerte, das gesagt zu haben. Ich war auf einer Mission und konnte es nicht zulassen, abgelenkt zu werden.

Wie auch immer. Wer wusste schon, ob es Türinspektoren auf der Pfannkucheninsel gab?

»Fanny Fod hat eine gute Tür, nicht wahr?«, fragte der Pfannkuchen.

Ich war versucht dem Pfannkuchen zu sagen, er solle jemand anderen nerven, um mich dem Klopfen weiter zu widmen, um es erneut zu versuchen; diesmal mit brüllenden Liebesbekundungen. Aber ich erkannte, dass ich bereits die Grenze überschritten hatte und bereits eine übertrieben lange Zeit an ihre Tür geklopft hatte. Der Pfannkuchen lag richtig. Fanny Fod hatte eine gute Tür.

»Hast du meine Tür schon geprüft?«, wollte der Pfannkuchen wissen.

Nachdem ich wieder zu mir gekommen war und erkannt hatte, was für ein Narr ich war, beschloss ich, ein klein wenig nett zu spielen. Der Pfannkuchen kannte Fanny Fods Namen. Ich könnte ein wenig nachbohren, um mehr Informationen aus dem Pfannkuchen rauszuholen. »Ich weiß nicht. Wo wohnst du denn? Ich biete den ganzen Tag freie Inspektion an.«

Der Pfannkuchen schmunzelte und kicherte, als ob ich etwas Albernes gesagt hätte. »In meiner Kartoffel, wo sonst?«

Ich streckte meinen ermatteten Arm Richtung Himmel. »Weise mir den Weg und ich werde deine Tür prüfen und doppelt so oft klopfen wie an diese hier.«

»Du bist so nett, Mr. Tür-Inspektor.«

Ich setzte ein falsches Lächeln auf und hoffte, dass es bald absterben würde.

Der Pfannkuchen nahm mich an der Hand und führte mich von Fanny Fods Burg fort. Ich drehte mich um und sah zurück, innerlich verletzt, weil ich spürte, dass Fannys Blueberryaugen mich beobachteten. Vermutlich sah ich wie der größte Trottel aus, als ich dem anderen Pfannkuchen gestattete, mich von hier weg zu bringen. Und das unter dem Vorwand, ich sei ein Tür-Inspektor, nur einen Moment nach dem Versuch, ihre Tür zu durchbrechen, um ihr zu sagen, dass ich sie liebte, auch wenn wir uns erst getroffen hatten.

«Wie fühlst du dich, Mr. Tür-Inspektor", erkundigte sich der Pfannkuchen.

»Ähm …«

»Sich *Ähm* zu fühlen ist gut. Ich bin glücklich, dass du dich Ähm fühlst. Möchtest du wissen, wie ich mich fühle?«

»Denke schon.«

»Ich fühle mich glücklich. Fühle mich frei. Ich fühle mich … aufgeregt.«

»Fühlst du dich die ganze Zeit so?«

»Klar. Ich bin immer gut drauf. Bist du gut drauf?«

»Ich bin gut drauf.«

»Du klingst aber nicht so.«

»Ich bin gut drauf.«

»Lustig, dass ich heute auf einen Tür-Inspektor treffe. Gestern starrte ich lange meine Tür an und war total fasziniert. Ich dachte, ein Tür-Inspektor müsste meine Tür inspizieren. Jeder Tür-Inspektor, der meine Tür inspiziert, wird sie lieben. Ich kann es kaum erwarten, dass du meine Tür liebst. Sie ist eine beeindruckende Tür. Manchmal verpasse ich die ultra lecker Glücks Parade, weil ich mich von meiner Tür gar nicht losreißen kann. Manchmal verpasse ich sogar mehrere Paraden. Tagelang starre ich meine Tür an und bade mich in ihren guten Tür-Schwingungen. Ich glaube, meine Tür ist ein Verbund aus Pfannkuchen, die sich dermaßen ineinander verliebt haben, dass sie zu einem Pfannkuchen wurden, ständig Liebe machen, und einen konstanten Strom Orgasmen haben. Wenn ich nicht bei meiner Tür bin, rede ich mir ein, dass sie mich vermisst. Ich mag den Gedanken, dass meine Tür in meiner Abwesenheit Orgasmen hat.«

Ich ignorierte das Pfannkuchen Türgeplapper. Ich konnte nicht mehr stehen. Was tat ich hier? Dieser Pfannkuchen kümmerte sich nur um das Glück seiner Tür. Ich kümmerte mich nur darum, das Glück in Fanny Fod zu finden.

Wir spazierten über ein Pfannkuchenblumenfeld, das aus dem Nichts entsprungen war. Die Blüten entlang meines Weges wurden grün und eingesäuert. Die Blüten runzelten, wie alte

Spiegel. Ich hasste mich dafür, sie getötet zu haben. Während des Händchenhaltens mit dem Pfannkuchen, rechnete ich mir aus, mich schätzungsweise bis in alle Ewigkeit dafür zu hassen. Es war meine Berufung, mich als Leidender der ewigen Plage zu hassen. Ich brabbelte das Motto von Captain Pickle. *Befreie dich von deinem salzigen Schicksal, oh eingelegter Gefangener.* Aber Captain Pickle war nicht real. Er war eine bloße Einbildung. Ich teilte keine Privilegien mit Imaginären. Niemand von uns, egal wie hart wir es versuchten.

»Die Blumen lieben dich«, sagte der Pfannkuchen. »Sie erneuern sich und werden zu deinem Abbild.«

Okay, vielleicht konnte mir dieser Pfannkuchen etwas über das Glück beibringen. Vielleicht waren alle Pfannkuchen vor Liebe zu einem Ding besessen, und dieses Ding war die Quelle all ihren Glücks, und der Ahornsirup brachte sie dazu, es zu lieben. Ohne Ahornsirup wären sie ebenso traurig wie ich. Nun war der Sirup in mir, und ich war verliebt, fast glücklich. Aber die Liebe hatte mich zu einem verrückten Türkriecher gemacht. Nun, wo ich ein wenig Glück gekostet hatte, konnte ich weder glücklich noch traurig bleiben.

Befreie dich selbst aus diesem salzigen Schicksal, oh eingelegter Gefangener!

Ich trottete hinterher, über ein paar Treppen, die in eine riesige Kartoffel gemeißelt waren. Ich war gerade dabei, etwas Negatives zu sagen, aus reiner Gewohnheit. Ich widerstand. Ich musste wie ein Tür-Inspektor handeln, musste einfach wie Vater handeln. Wir hielten auf einer Treppe vor einer braunen knotigen Kartoffeltür. Die Treppe war schmal. Wir zwängten uns aneinander. Ich war dabei, einen Schritt zurückzumachen, um etwas Abstand zwischen uns zu bringen, aber der Pfannkuchen legte seine Arme um mich.

Sie starrte mich mit unbeweglichen Ahornaugen an. »Gefällt dir meine Tür?«, fragte sie mit unbeweglichem Mund. Steif.

»Ich liebe sie«, sagte ich, konnte sie aber nicht länger anschauen. Die Tür genauso wenig. Ich stellte mir vor, sie die Treppen hinunterzuschupsen und zu brüllen »Deine Türe ist langweilig! Ich hasse deine Tür!« Danach riss ich die Tür aus ihren Scharnieren, um sie auf sie zu werfen und zu töten.

Das tat ich nicht. Es wäre unangebracht.

»Küss mich«, sagte der Pfannkuchen.

Ich küsste sie. Ich wusste nicht, was ich sonst tun sollte.

»Komm. Die Innenseite der Tür ist interessanter als die äußere.«

Ich küsste sie nochmals. Ihre Lippen waren wie ein Ahornlolli, der auf einem lebenden Geschöpf klebte. Es war egal, ob ich etwas für diesen Pfannkuchen fühlte – oder sie für mich. Wir hatten die stille Übereinkunft getroffen, uns gegenseitig nicht darum zu kümmern. Sie schmeckend, entschied ich mich dafür, sie nach besten Gewissen zu genießen.

»Komm schon”, bat sie. »Ich möchte dir die Innenseite zeigen.” Sie wandte sich ab, öffnete die Tür und schritt hinein.

»Das wird furchtbar enden«, murmelte ich.

»Was?«, fragte sie.

»Nichts«, sagte ich und folgte ihr in das Kartoffelhaus, um mehr über das Wunder ihrer beschissenen Tür zu erfahren und eventuell ein wenig an ihren Lippen zu saugen.

Oh, Fanny Fod, dachte ich, es tut mir leid.

Ich trat in ihre Kartoffel ein und schloss die Tür hinter mir.

Auf der anderen Seite der Kartoffeltür, des Pfannkuchens geliebtes Objekt, von dem ich erhofft hatte, mehr Informationen zu entlocken, empfing mich ein Berg weiterer Türen. Jede Kartoffeltür lehnte sich gegen eine andere.

Rote Soße blutete aus den Türen.

Das Haus war feucht und roch nach Chlor.

»Gefällt dir meine Tür nicht?«, fragte der Pfannkuchen.

»Nun ja … es ist nicht nur eine Tür. Es sind viele Türen, aber keine von denen ist mit der Eingangstür verbunden.«

Der Pfannkuchen lachte mich an. »Oh, du bist wirklich seltsam. Alle Türen sind miteinander verbunden.«

»Möglicherweise.« Ich musste wie ein Tür-Inspektor handeln, als ob ich wüsste, was ich tat. »Aber welchen Zweck dienen die Kartoffeltüren auf der Pfannkucheninsel? Was haben Kartoffeln mit Pfannkuchen und Türen am Hut?" Bis jetzt hatte ich es versäumt, die Frage im richtigen Moment zu stellen.

Den Pfannkuchen interessierte es nicht, warum ich davon keine Ahnung hatte, denn eigentlich wusste das jeder Pfannkuchen. Sie nahm es nicht wahr und erzählte mir eine tolle Geschichte, die sich die Pfannkuchen einander über ihre Burgen erzählten. Die Geschichte fing vor langer, langer Zeit an.

Dort lebte einmal eine Rasse Pfannkuchen aus Kartoffeln. Um sich weiterzuentwickeln, oder so etwas in der Art, beschlossen sie, in ihren Kartoffelformen zu sterben, um als ausgeflippte, glückliche, moderne Pfannkuchen wiedergeboren zu werden. Das war auch der Grund, warum so viele Kartoffelburgen in sirupreichem Boden aufkeimten. Laut Erzählungen existierte noch eine ältere Rasse Pfannkuchen. Die Zucchini-Rasse. Zucchini-Pfannkuchen lebten nicht sehr lange. Manche glaubten, dass die Zucchini-Pfannkuchen von der Pfannkuchen-Insel ausgewanderten waren. Fanny Fod lebte im einzig übrig gebliebenen Zucchini-Schloss.

»Also, wie wär's?«, fragte der Pfannkuchen.

»Wie wär' was?«

»Möchtest du nun meine Tür inspizieren oder nicht?«

»Ich sagte doch, ich liebe sie.«

»Das war doch keine vollständige Inspektion. Oder doch?«

»Lass mich mal sehen.«

Ich kreiste um den Berg aus Türen, gelegentlich beugte ich mich vor, machte schnalzende Geräusche mit meiner Zunge, und tat gedankenversunken. Ich ließ meine Finger über die Türkanten gleiten, und diese wurden überall grün.

Das beeindruckte den Pfannkuchen wirklich. »Ja«, sagte sie. »Ich brauchte das zusätzliche Fingerspitzengefühl.«

»Das überlässt man einem Tür-Inspektor«, sagte ich.

Dreimal umkreiste ich den Türberg, streichelte da und dort, gestikulierte, als ob ich mir kein Urteil über ihre Tür bilden konnte.

»Was ist?«, wollte sie wissen.

»Ich bin mir nicht sicher. Irgendetwas fehlt. Denkst du … lass es mich anders formulieren. Hast du eine Ahnung was ein Knuddelmonster ist?«

Ihr Körper ruderte horizontal hin und her, reagierte abweisend. »Ein Knuddelmonster? Von so etwas habe ich noch nie gehört.«

»Denkst du, Knuddelmonster könnte der Name einer Tür sein?«

»Möglich. Wäre mir aber nie eingefallen, eine Tür zu benennen.«

Ich war erleichtert, das zu hören. Es wäre sehr enttäuschend gewesen, hätte sich herausgestellt, dass es sich beim Knuddelmonster bloß um eine sprechende Tür gehandelt hätte. Ich hätte mein ganzes Interesse an Fanny Fod verloren, hätte sich herausgestellt, dass sie von einer Tür besessen war.

»Denkst du, du könntest jetzt mich inspizieren?«, fragte der Pfannkuchen.

Ich wusste es! Ich wusste, sie war auf mehr aus. Egal wie sehr sie ihre Tür auch liebte, sie hatte auf meinen Besuch aus einem ganz anderen Grund bestanden. Der Berg Türen war nur ein Vorwand gewesen. Alles baute auf dem Tür-Unsinn auf.

»Also, was ist?", sie wirkte wie ein zerdrücktes Insekt.

»Was kannst du mir dafür als Gegenleistung bieten?«

»Es gibt keine Gegenleistungen für Glück«, sagte sie.

Sie schritt auf mich zu. Ich erhob meine Arme um mich zu verteidigen, dabei hatte sie gar nicht versucht, mich anzugreifen. Sie fiel mir zu Füßen, verbog ihren flachen runden Körper. »Bitte, inspiziere mich, Mr. Tür-Inspektor«, flehte sie.

»Steh wieder auf.«

»Komm zu mir herunter.«

»Na schön.« Ich ging neben ihr zu Boden.

Sie schlang ihre Arme um mich, presste ihre Ahornlippen gegen meine und sagte: »Es gibt keine Gegenleistungen für Glück.«

»Keine Ahnung, was du meinst«, sagte ich.

»Alles, was ich damit ausdrücken möchte, habe ich gesagt.«

Ich leckte ihre Lippen, während sich ihre Handflächen meinen grünen Bauch hinabschlangen und unter dem Gummiband meiner gelben Raumfahrerhose verschwanden.

Danach wurde ich erregt.

Der Pfannkuchen gurrte leise, als sie meine kleine Gurke streichelte.

Ich saugte an ihren Lippen. Egal wie viele Mundvoll ich von ihrem süßen Gesicht weglutschte, sie blieb ganz. Sie bestand aus einem nicht enden wollenden Kreislauf aus Lust und Nachschub. Ihre Glücksreserven liefen rund, erstreckten sich über ihren Körper. Ich dachte an die Möglichkeit, dass ihre Liebe eine psychische Verbindung mit den Türen hergestellt hatte und dadurch stapelweise Glücksgefühle entstanden.

Ich lachte über mich selbst. Ich war schnell, andere zu ergründen und schnell, die Fehler zu finden, die viel zu leicht zu ergründen waren.

Jetzt musste ich rasch dem Akt folgen, Sex mit dem Pfannkuchen zu haben, sie zu inspizieren, so wie sie war.

Während mich diese Gedanken ablenkten, tiefer in mich selbst einzudringen und mich für die Wahrnehmung der Außenwelt betäubten, zog sie mir den Raumanzug aus. Meine kleine Gurke war knüppelhart. Noch nie hatte ich sie voll aufgerichtet erlebt. Voll aufgerichtet war meine kleine Gurke größer als ich. Ich war immer zu depressiv dafür. Außerdem hatte ich noch nie eine andere Gurke getroffen, die mich so anzog. Da war sie immer viel kleiner. Offen gesagt, sah sie sehr nach meinem Vater aus.

Der Pfannkuchen entfernte sich von mir. Sie begab sich mit ihrem Mund Richtung meiner Gurke. Sie packte sie an, schwang sich herum und wickelte sich Gebietsübergreifen über meine Brust. Wir waren völlig nackt.

»Wie soll das gehen?«, fragte ich

»Geduld«, sagte sie. »Du musst zuerst andere Teile erforschen, bevor du die Innenseite inspizierst.«

»Ja, aber es wird schwer für mich, dich innen zu inspizieren, wenn die Zeit gekommen ist, wenn ich nicht weiß, wie ich mein Inspektionsrohr nutze.«

»Kein Grund zur Sorge. Die Türen werden uns dabei behilflich sein.«

Die vordere Tür wackelte in den Angeln, öffnete ihren Mund und brach in Gelächter aus.

»Die Türen spüren, dass du mich bald inspizieren wirst. Deswegen sollten wir es langsam angehen. Die Tür wird uns helfen, wenn die Zeit reif ist. Und je länger es dauert, die Vergnügungstasten zu drücken, desto glücklicher wird die Tür sein.«

Ich richtete meine Empfangsantenne auf den süßen Sender, wo unsere Lippen für Stunden zusammentrafen, und während wir uns so sanft küssten und nur die Muskeln nutzten die für das Küssen nötig waren, plagten mich keine qualvollen Gedanken mehr. Und ich fühlte mich nicht länger schlecht wegen Fanny Fod oder verärgert, weil die Eingangstür mich ausgelacht hatte.

Irgendwann später entzog sie sich. Sie sagte »Genug davon. Es ist an der Zeit andere Teile zu inspizieren.« Sie schob ihren Pfannkuchenkörper über mein Gesicht.

Ich zuckte mit den Armen, war dem ersticken nahe. Ich konnte den Sirup, der mir in die Kehle floss, kaum schlucken.

»Atme durch mich hindurch. Ich bin porös«, sagte sie.

Ich öffnete meinen Mund. Sirup floss aus meinem Mahlwerk und meiner Speiseröhre. Ihr Körper sog den Sirup auf. Ihre Poren weiteten sich zu kleinen Schlabbermäulern. Jede ihrer Poren umkreiste und saugte an meinem Gesicht. Die Mäuler weiteten sich. Sie wurden größer, wuchsen ineinander, bis alle Münder einen riesigen bildeten.

Der Berg aus Türen löste sich. Sie watschelten, schlitterten, und schwebten. Sie umgaben uns. Manche ignorierten uns und bevorzugten die Fronttür. Sie verschwendeten keine Zeit, verwickelten die Fronttür in Handlungen die, nach den Lauten die sie machten, sicherlich ihre sexuellen Lüste befriedigten.

Die Türen, die uns umgaben, hielten den Pfannkuchen. Sie zitterte ihrer Freude entgegen. Sie bebte und stöhnte, gab sich ihrer Freude voll hin, in ihrer physischen Manifestation, einer eingelegten Epilepsie. Die Türen zogen sie von mir herab und legten sie auf den Boden. Sie hielten sie weit aufgerollt, bereit zu schänden. Sirup sickerte an ihrem bauschigen Stück hinunter. Mein Hirn kribbelte.

»Komm«, sagte sie.

Neben ihr liegend fühlte ich mich schwindlig und ungelenk. »Was? Wohin soll ich kommen?«

Die Türgriffe glitten wie gummiartige Pole nach außen.

»Komm, hab Spaß mit mir, Mr. Tür-Inspektor«, sagte sie.

»Ich habe keine Ahnung wie man Spaß hat«, sagte ich. Es war die Wahrheit. In meinem ganzen Leben hatte ich noch nie Spaß.

»Dann komm, inspiziere mich.«

Mehrere Türen zogen mich auf die Beine. Zwei weitere packten meine Gurke und führten sie in die triefende Grotte des Pfannkuchens.

Wir plagten uns durch eine schreckliche Aktivität, die etwa doppelt so lange dauerte, als sich selbst zu erhängen. Pausenlos dachte ich an bessere Sachen, die ich hätte tun können – wie etwa einen Weg zu Fanny Fods Herzen zu finden, meiner einzig wahren Liebe.

Dann vergnügten die Türen sich mit sich selbst. Sie streichelten über ihre langen Türgriffe, als Zeugnis unserer Performance des esoterisch biologischen Rituals. Die Türen verwirrten und nervten mich, aber zum Glück haben sie nicht versucht, in meinen eingelegten Arsch einzudringen.

Schlussendlich wurde ein Klecks Salz aus meiner kleinen Gurke gemolken, und die Inspektion endete.

Ich wurde paranoid und fürchtete, dieser Pfannkuchen und seine Türgefolgsleute wollten Nutzen aus mir ziehen, mich auf ruchloseste Art ausnutzen, schlimmer, als bereits geschehen war. Meine kleine Gurke schrumpfte zu einem Nichts zurück.

Ich stand auf und zwängte mich durch den Kreis aus Türen und ballte meine Fäuste. Ich boxte in die Luft, war verschwitzt, paranoid, klebrig und bemitleidenswert. Ich ertrug niemanden um mich herum und konnte mich selbst nicht länger ertragen.

»Bist du glücklich, Mr. Tür-Inspektor?«, fragte der Pfannkuchen. »Möchtest du mich nochmal inspizieren?«

»Nein«, schrie ich aufgebracht. »Oder doch, aber nur, wenn wir es auf meine Art tun.«

»Wir können es auf jede Art tun. So, wie du dir es wünscht«, sagte sie.

Ich schob mich zurück in den Kreis aus Türen, begab mich in die Mitte und legte mich auf sie.

Der Pfannkuchen wand sich unter mir.

Meine kleine Gurke blieb schlaff.

»Ich bin so glücklich«, sagte sie. »Bist du glücklich?«

Ich öffnete meinen Mund, um zu sprechen, sah aber nur zu den Türen um mich herum. Ich konnte ihre Frage nicht beantworten. Diese beleidigenden Zuschauer hielt ich nicht länger aus.

»Bist du glücklich?«, wiederholte sie.

Ich antwortete mit einem Headbutt, der ihr Gesicht teilte.

Ihr Siruphirn quoll heraus. Und das war's. Der Pfannkuchen war tot.

Sie wurde grün und unbeweglich.

Meine kleine Gurke regte sich pochend.

»Bist du glücklich?«, fragte ich die Leiche.

Ich zwang mich in sie und verpasste ihr ein finales Ende.

Mit einem toten Partner genoss ich es fast.

Ich erhob mich wieder, bereit mich dem Kampf gegen die Türen zu stellen, sollten sie mich attackieren. Sie streichelten sich selbst mit ausdruckslosem Blick.

Ich taumelte auf die offene Tür zu. Ein windendes Rudel Türen begrabschten und saugten an ihren Türknöpfen.

Ich floh.

TOD EINES VÖGELNDEN KINDES

Ich flüchtete aus dem Haus der Türen. Es war Nacht, und ich wusste weder wohin, noch was ich tun sollte, oder warum ich den Pfannkuchen ermordet hatte. Und wenn es eine Pfannkuchen-Polizei gab, wenn sie existieren sollte, würden sie mich verfolgen. Wie verfuhren sie mit einem Pfannkuchenmörder? Ich lief ohne zu wissen wohin, ich musste einfach alles hinter mir lassen. Mir war klar, hier konnte ich nicht bleiben. Nirgendwo konnte ich bleiben. Ich musste meine Rakete finden.

Ich rannte die Straße hinunter. Kartoffelhäuser ragten übereinander. Der Klang von Pop-Musik kreischte durch die Luft. Pfannkuchen lehnten aus ihren Fenstern, tanzten in ihren Höfen und winkten mir zu, als ich vorbeilief »Komm, mach mit«, forderten sie mich auf. »Wir haben so viel Spaß!«

Nein, habt ihr nicht, dachte ich mir. Ihr habt überhaupt keinen Spaß. Ihr denkt bloß, dass ihr ihn hättet, aber ihr wurdet betrogen. Ihr alle denkt, ihr wäret glücklich, weil ihr die ganze Zeit auf Drogen seid.

»Glück ist echt, echtes Glück«, sagten sie, als würden sie meine Gedanken lesen. Ich stand unter einer psychischen Attacke.

Ich passierte unheimlich viele tanzende Pfannkuchen. Sie bewegten sich wie Marionetten, die von zittrigen Händen geführt wurden.

Es fühlte sich an, als würde es mein ganzes Leben dauern diese Straße hinunterzulaufen, bis sie letztlich endete. Die Jubelschreie und die Musik verklangen.

Die Straße endete an der Küste. Ich stürzte in den Schoß der Wellen und schloss meine Augen. Meine brennenden Lungen begannen sich zu erholen. Ich öffnete meine Augen mit jener Erwartung, den traurigen Mond des eingelegten Planeten zu sehen, aber die Nacht war mondlos. Die Sonne blieb sichtbar, grün. Wie alle grünen Dinge war sie tot. Ihr Schein strahlte über das Pfannkuchenufer. Ich blickte dem Schein nach und sprang auf, fassungslos, was ich sah. Nicht unweit entfernt vögelte ein Pfannkuchenjunge in ein seitliches Loch meiner Rakete.

Mit harten Stößen und erhobenen Armen rief er »Wohhuw, was für ein Spaß!«

Ich begab mich auf alle vier, wie eine Bestie. Mein Körper fröstelte und absorbierte einen süßlichen Geruch, jedoch nicht süßlich genug, um dieses Mal meine Nerven zu beruhigen. Ich würde ihn töten, diesen ekligen kleinen Scheißkerl.

Der Pfannkuchen stieß sich ab. Sein kleiner Pfannkuchen spie klebriges Zeug auf den grün beleuchteten Strand. Nun war ich dran, um ihm zu zeigen, was Spaß wirklich war.

Er stand geistig abwesend da und streichelte über die Seite meiner Rakete. Des Anstands willen, vögel doch etwas, das am Leben ist, dachte ich.

Heuchler.

Leise setzte ich zum Sprung an. Das jahrelange Gefühl, unsichtbar für die Welt zu sein, machte mich agiler als alle anderen Salzgurken. Wenn die Trauer meinen Planeten nicht eingelegt hätte, wäre aus mir ein Gymnastik-Champion geworden. So bezeichnen es zumindest die Salatgurken. Gaston Glew der Gymnastik-Champion. Stattdessen tötete ich Kinder auf einem fremden Planeten.

Aus dem Hinterhalt stürzte ich mich auf den Pfannkuchenjungen. Ich bohrte meine Fäuste von hinten durch seinen Kopf und riss ihm dabei seine Augen aus dem Gesicht. Er kicherte, als sein Gehirn austrat.

Ich schätze, man kann den wirklich Glücklichen keinen Schmerz zufügen.

Ich warf seine Augen in die Wellen und kletterte in mein Raumschiff. Ich startete es. Dabei kam mir eine Idee. Ich langte nach einer Kiste Salzbrühe und kletterte aus dem Raumschiff.

»Spaß zu verkaufen", rief ich. »Wer möchte Spaß? Spaß in allen Formen. Spaß zu verkaufen!«

»Wohhuw, oh Spaß«, sagte der Pfannkuchen. Alles von seinem Körper war ihm durch sein Gesicht nach außen geflossen.

»Ich möchte Spaß«, sagte er.

»Wieviel Spaß möchtest du denn?«, fragte ich.

»Ich möchte genug Spaß für jedermann.«

»Kommt sofort«, sagte ich, setzte die Kiste Salzbrühe ab und trat ihm in den Bauch. Er stolperte umher, fiel aber nicht um. Ich riss ihn hoch, beugte mich zu ihm und biss seine Nase ab. Er war der erste Pfannkuchen, von dem ich einen echten Bissen genommen hatte. Seine Nase war voll klumpigem Sirup.

Von seinem Mundwinkel nahm ich einen weiteren Bissen, zehrte an seiner reichhaltig getränkten Lippe, weil die Pfannkuchen-Ahornsirup-Kombination mörderisch lecker war.

Ich verschlang einen Teil seines Gesichts.

»Haben wir jetzt Spaß?«, spottete ich.

Er sah ziemlich dümmlich und überrascht aus mit dem restlichen Teil seines Gesichtes.

Ich trat ihn, und diesmal fiel er um. Er warf seine Arme beiseite und formte seinen Mund zu einem Schrei »Wohhuw, oh Spaß!«

»Jetzt halt still«, sagte ich, langte nach drei weiteren Dosen und stopfte sie in seinen Bauch. Sein Mund vereinte sich so schnell mit der Inseloberfläche, dass keine Chance blieb zu sehen, ob er immer noch dachte, wir hätten Spaß. Als ich von ihm abstieg, war alles, was von ihm übrig geblieben war, ein perfekter Kreis und darin halb vergrabene Dosen. Sirupblut schwappte über die Grenzen des Kreises.

Während des Akts des Tötens fühlte ich mich toll, doch danach ging es wieder bergab.

Ich hatte wieder Scheiße gebaut. An Rache war nichts Gerechtes dran. Dieser Blödmann hatte es nicht verdient zu sterben. Ich hätte einfach in meinem Raumschiff abhauen sollen. Er hatte vielleicht ein bisschen daran herumgebumst, aber nur, weil er es nicht besser wusste.

»Tut mir leid", sagte ich.

Es war das erste Mal in meinem Leben, dass ich eine Entschuldigung aussprach. Zu wem sprach ich – außer zu dem Kind. Zu wem? Vater und Mutter? Den Geistern? Der Sonne und ihren Schinkenspeckgeier? Dem Pfannkuchen und seinen Türen? Ich entschuldigte mich beim Leben selbst, sowie bei Fanny Fod und all denen, die womöglich eines Tages in meine Fußstapfen treten und für immer zerstört würden.

Ich konnte mich selbst nicht länger Dinge zerstören lassen. Am besten wäre es gewesen, ich hätte mich mit meinem Schiff in den Weltraum geschossen, um dort den Rest meines Daseins zu fristen, mit der wenigen Erfahrung des Glücks.

Ich blickte auf das grün-getönte Sirupmeer und wundere mich: Warum muss ich diese nicht enden wollende Plage erleiden? Warum muss mein Herz voller Salzbrühe sein?

Alleine am Strand mit dem toten Pfannkuchenkind fühlte es sich an, als ob ich den größten Teil meines Lebens neben toten Dingen gestanden hätte. Ich mochte es nicht, neben toten Dingen zu stehen. So watete ich hüfthoch ins Meer und ließ den heilenden Sirup seine Arbeit verrichten.

Nach einer Weile torkelte ich aus dem Meer auf meine Rakete zu. Dort entfernte ich den Rest der Salzbrühe, der Steuerung, und löste beide Antriebswerke ab. Sie waren voll mit Vaters und Mutters Asche.

Nachdem das Raumschiff komplett geleert war, ging ich hinüber zum Vögelloch des Kindes. Ich holte tief Atem und verschloss meinen Mund über dem Loch. Es war klebrig. Ich pustete die gesamte Luft meiner Lunge in das Loch. Die Raumschiffwände weiteten sich ein wenig, wie ein Ballon. Ich blies nochmal und immer wieder, bis das Schiff abhob und einige Zentimeter über der Insel schwebte. Durch meine Fortschritte ermutigt, blies ich noch schneller in die Öffnung. Die Rakete schwebte höher und höher, bis zu meinem Kopf, dann über mich hinaus. Ich machte weiter, bis das Raumschiff beinahe außer Reichweite gelangte. Hüpfend umklammerte ich es mit meinen Armen und schlüpfte hinein in den Raketen-Ballon.

Ich hatte die Steuerung ausgebaut, denn als ich im Meer stand, wurde mir klar, dass eine gehörige Portion meines Unglücks von der zwanghaften Kontrolle stammte. Wenn ich mich weiterentwickeln wollte, musste ich mich von alldem lösen. Ich musste die Kontrolle aufgeben. Meine Kapitulation begann mit der Zerstörung der Steuerung und endete mit der Umgestaltung meiner Rakete in einen gigantischen Ballon.

»Du kannst mich überall hinführen«, erklärte ich dem Ballon.

Er begann, über den Himmel zu schweben. Wir schwebten eine Weile, dann gab es einen Knall und der Ballon zischte. Ich war in ihm gefangen, fiel in beängstigender Geschwindigkeit vom Himmel, nackt und verwirrt.

GLÜCKLICHE UMSTÄNDE

»Halt still! Du erhängst dich ja noch selbst«, sagte eine Stimme. Es war Fanny Fod.

»Wo bin ich?«, fragte ich.

»Ich schoss deinen Ballon vom Himmel. Du solltest auf dem Dach landen, aber in letzter Minute hast du dich gedreht und bist beinahe in dein Verderben gestürzt. Der Ballon formte eine Hand und grabschte nach einer Turmspitze.«

Noch klammert die Hand sich daran fest, aber ich fürchte sie würde das nicht für immer tun.

»Bleib ruhig und sag kein Wort. Ich werde dich in kürzester Zeit befreit haben.«

Ich gehorchte regungslos und still und stellte mir vor, wie sich mein Gehirn auf Fanny Fods Gehweg verteilte. Ich stellte mir vor, dass sie meinen regungslosen Körper in ihre Armen nahm und mich verzehrte.

Fanny Fod runzelte die Stirn. »Du hast doch vorhin einen Anzug getragen, oder?«, fragte sie.

»Ja, habe ich.«

»Ist er weg, weil du eine besondere Begegnung mit einem Pfannkuchen hattest?«

»Nein«, sagte ich. »Ich habe keine besondere Begegnung gehabt.«

»Sei ehrlich.«

»Bin ich.«

»Okay«, sagte sie.

»Okay«, wiederholte ich.

Es wurde langsam wieder peinlich.

»Ich entschuldige mich für vorher«, sagte sie. »Weil ich dich rausgeworfen habe. Ich hatte gute Gründe, die aber nichts mit dir zu tun haben. Egal, ich würde gerne etwas zum Abendessen machen. Bist du hungrig?«

»Ja, ich würde gerne was essen.«

»Komm, lass uns reingehen und essen«, sagte sie.

Also gingen wir hinein und aßen Essen.

MITEINANDER SCHLAFEN

Wir saßen am Kartoffeltisch, voll mit Pfannkuchendinner. Fanny Fod melkte Bier in ein Glas. Kaum war dieses voll, kippte sie es in ein anderes. Dazu mengte sie Gewürze und andere Dinge bei, die ich nicht kannte.

»Was trinken wir da?«, fragte ich und langte nach dem Glas, das sie mir überreichte. Obwohl ich wusste, dass es sich um Bier handelte, war es besser, mich dumm zu stellen.

»Ahornbier«, sagte sie, während sie das Glas zu ihrem Mund führte.

»Es riecht köstlich.« Ich ließ sie nicht wissen, wie sehr ich mich darüber freute, ihre Körperflüssigkeiten aufzunehmen. Im Moment wollte ich Peinlichkeiten vermeiden. Ich schlürfte etwas Bier. Es war dunkel, stark, süß.

»Mhm«, sagte ich.

Für eine Weile widmeten wir uns dem Bier.

»Also, für was steht deine mittlere Initiale?«, wollte ich wissen.

»Winter«, antwortete sie. »Willst du wissen warum?«

Ich sagte ihr, dass ich wollte.

»Es begann mit meiner Mutter, Herbst M. Fod. Herbst war eine berühmte Pfannkuchenlogistin.«

Das W. in Fannys Namen stand für Winter, der Saison in der sie geboren wurde und das M. in Herbsts Namen stand für »Monogamie«. Alle Pfannkuchen wählten ihre eigenen zusätzlichen Vornamen. Herbst entschied sich für ihren, aufgrund eines Brauches, der aus der Kartoffelzeit stammte: Monogamie. Ich wusste, dass Monogamie viel Schmerz und Leid auf dem eingelegten Planeten verursachte. Der Unterschied zwischen Salzgurken und Kartoffeln war jener, dass Kartoffeln gelernt hatten, was Traurigkeit bedeutete, und sie hatten gelernt, diese abzustoßen. Eine Fähigkeit, der sie es verdankten, einen extrem glücklichen Evolutionsweg einzuschlagen. Herbst machte die Monogamie zu ihrem Lebensstil.

Als Zeichen, dass sie in die monogamen Fußstapfen ihrer Mutter trat, und um ihr ihre eigene Individualität zu zeigen, wählte Fanny Winter als zweiten Vornamen. Sie war der einzig monogame Pfannkuchen – und Monogamie erheiterte die anderen Pfannkuchen.

»Eine tolle Geschichte«, sagte ich. Ich hatte kein Bedürfnis, die Geschichte über *meinen* zweiten Vornamen mitzuteilen. Ich hatte auch kein Bedürfnis, irgendeine meiner Geschichten zu teilen.

»Kann ich noch ein Bier haben?«, fragte ich.

»Na klar.«

Sie nahm mein Glas und melkte sich selbst, bis Schaum über das Glas schwappte. Diesmal fügte sie keine Gewürze bei.

Sie trank kein weiteres Bier.

Nachdem ich an dem Bier genippt hatte, stützte ich meinen Kopf, war plötzlich müde, und außerdem wollte ich über mich selbst lachen. Noch nie zuvor hatte ich nackt zu Abend gegessen. Ich hob meinen Kopf und lächelte sie an. Ich spielte mit meinen Fingern, blickte Fanny Fod an, meine Finger, dann wieder sie.

»Danke für das Essen und das Bier. Jetzt würde ich gerne dein Gesicht vernaschen«, sagte ich.

Es war eine heikle Sache das zu sagen, aber es war heraus. Ich hatte es ausgesprochen.

Sie lachte und sagte: »Komm, lass uns schlafen gehen.«

Ich blieb wie angewurzelt auf dem Kartoffelstuhl. Sie nahm mich bei der Hand und führte mich aus der Küche, eine grüne Wendeltreppe hinauf in einen gebogenen Raum. In der Mitte des Raumes befand sich ein durchscheinend schwammiges Bett, mit Sirup gefüllt. Sie schlüpfte aus ihrem grünen Kleid und wir gingen ins Bett.

Wir trafen uns in der Mitte des Bettes. Sie faltete sich um mich, wie ein Regenschirm. Der grüne Schein der Nacht, der durch das Fenster leuchtete, ließ uns wie einen einzigen Körper aussehen. Wie zwei Geister, die sich dasselbe Laken teilten. Wir schmiegten unsere Gesichter aneinander, um diese Illusion zu vervollständigen.

Ich öffnete meinen Mund, um etwas zu sagen, aber es gab nichts zu sagen. Dies war einer jener großen Momente, von denen mir die tote Sonne erzählt hatte. Unsere gegenseitige Berührungen war ein Sache, die durch kein einziges Wort zerstört werden konnte.

»Hast du genügend Decke?”, fragte sie.

»Ja, danke. Was ist das für eine Decke?«

»Das sind Crêpe-Decken.«

»Gefallen mir.«

»Danke. Sind selbst gemacht.«

Sie pflanzte ihre Erdnussbutterlippen über mein gesprungenes, salziges Lächeln.

Unsere Münder vereint, teilten wir einen leckeren Traum.

Fanny Fod und ich erwachten früh am nächsten Morgen. Sirup klebte unsere Stirnen aneinander. Unsere Gliedmaßen bildeten einen komfortablen Knoten.

In einer einzig schnellen Bewegung löste sie sich von mir und richtete sich im Bett auf.

»Ich liebe dich«, sagte sie. »Und ich schätze deine Anwesenheit, aber ich werde dir nicht einfach so in die Arme fallen. Das solltest du wissen.«

Ich seufzte. Was für eine Trendwende. War es genauso schwer an Liebe heranzukommen wie an all die anderen Dinge?

»Ich kam diesen weiten Weg«, erklärte ich, »weil du auf ein trauriges Ding gewartet hast, und hier bin ich. Dein trauriges Ding.«

»Ich weiß, dass du traurig bist, aber du bist nicht die einzige traurige Kreatur im Universum. Du bist vielleicht das falsche traurige Ding für mich.«

»Ich fühle es. Wir sind füreinander bestimmt, Fanny Fod.«

»Gaston Glew, nach so vielen Jahren falscher Gefühle im Herzen und Gebrochenen in deinem Verstand, warum folgst du noch deinen Gefühlen und Gedanken? Ich war mein ganzes Leben lang glücklich. Deshalb weiß ich es besser, als Gedanken und Gefühlen zu vertrauen.«

»Siehst du? Genau das verbindet uns miteinander. Das ist nicht etwas, das du über mich in dieser kurzen Zeit wissen wolltest, und ich weiß Sachen von dir, die ich nicht wissen sollte. Es ist irreal. Du hast mich durch den gesamten Weltraum gerufen. Unsere Antennen in unseren Köpfen waren so eingestellt, dass sie einander empfingen.«

»Ich habe keine Antennen in meinem Kopf. Dafür ist er zu flach.«

»Okay, na schön, trotzdem liege ich richtig«, sagte ich. »Ich habe noch nie jemandem mein Vertrauen geschenkt, aber dir vertraue ich bereits.«

»Du kennst mich doch gar nicht.«

»Ich kenne niemanden.«

»Dann ist es deine Entscheidung, die dich dazu gebracht hat, mir zu vertrauen. Es kommt mir so vor, als hättest du eine Menge schlechter Entscheidungen in deinem Leben getroffen. Du bist zu voreilig.«

»Ich entfloh jenem Schicksal, dem die restlichen Gurken erliegen, oder nicht?«

»Das war vielleicht eine deiner schlechtesten Entscheidungen, die du je gemacht hast.«

»Da ist sie wieder. Die psychische Verbindung. Du wärst unmöglich in der Lage, so ein Urteil zu bilden, wenn du mich nicht weit besser kennen würdest, als alles was ich gesagt habe. Das Exil war meine beste Entscheidung. Ich habe es wenigstens versucht. Ich habe versucht, eine gute Gurke zu sein. Nachdem ich meine Erfahrung mit dieser Welt gemacht habe, ist meine schrecklichste Angst die, wieder zum eingelegten Planeten zurückzukehren und zu dem, was ich war, bevor ich herkam«

»Was du warst, wird immer Teil von dir sein.«

»Ich dachte, Pfannkuchen glauben, nichts ist für immer.«

»Die meisten glauben das, ich nicht.« Sie hielt den Atem kurz an, dann sagte sie »Bist du wirklich glücklich hier?«

»Bin ich. Ich bin glücklich, und ich meine es ehrlich.«

»Du bist ehrlich?«

»Ja«

»Du bist ehrlich?«

»Ja, denke schon.«

»Also, wenn du ehrlich bist, warum stutzt du nicht genau jetzt der Sonne den Bart? Ist es nicht das, was du tun solltest?«

»Oh, das«, sagte ich.

»Schon okay. Du kannst es mir sagen. Wenn du möchtest, kannst du mir auch über besondere Begegnung mit anderen Pfannkuchen erzählen. Schon okay, wenn es so war. Es ist okay, wenn du mir erzählst, warum du nackt warst, als ich deinen Ballon heruntergeschossen habe.«

Ich knickte innerlich zusammen und fühlte, dass viel von meiner Antwort abhing. So oder so war ich zum Scheitern verurteilt.

»Nun?«, fragte sie.

Ich konnte nicht atmen. »Nein, keine besonderen Begegnungen«, log ich.

Fanny verzog ihre in Sirup gesprenkelten Erdnussbutter-Lippen zu einem enttäuschten Lächeln. Ich fühlte mich schlecht dabei, sie anzulügen. Aber es gab andere Dinge, über die ich mir Sorgen machen sollte. Mein Magen knurrte. Ich hatte Hunger. Ihr Gesicht sah so köstlich aus – ich wollte sie zum Frühstück. Ich wollte sie im Bett flachlegen und vernaschen.

»Ich muss weg«, sagte sie. »Such dir was. Geh irgendwohin. Aber was immer du machst, geh nicht in den Keller.«

Fanny Fod verließ die Burg, um ihr Bier auf der Pfannkuchen-Insel zu verteilen. Ich schlief wieder ein. Es war der längste Schlaf meines Lebens. Er war weitaus erholsamer, als er es je auf dem eingelegten Planeten gewesen war. Dort war er unruhig, voll von nächtlichem Treiben und Stimmen, die mir sagten, ich solle in der Dunkelheit seltsame Sachen tun. So musste ich, wenn ich schlief, die Lichter die meisten Nächte anlassen, wenn ich überhaupt einschlafen konnte. Die meiste Zeit drehte und warf ich mich im Bett herum. Ich hatte Angst vor den Gesichtern, die von ihren Körpern getrennt waren, von denen ich dachte, sie würden sich gegen jedes Fenster des Hauses pressen. Sie wollten nicht in das Haus eindringen. Sie versuchten, es zu ersticken. Ich lag wach da, den Atem angehalten, schwitze Salzlacken und wartete darauf, dass die Köpfe mich holten. Manche Nächte hielt ich es nicht aus. Ich sperrte mich im Bad ein, um dort unkontrolliert heulend die Toilette zu umklammern. Ich schlug mit meinem Kopf gegen den Toilettensitz, bis ich das Bewusstsein und die Gedanken an die Gesichter verlor. Blackouts waren meine einzige Verteidigung gegen die Angst. Die meisten Nächte bewusstlos zu überstehen, das war der einzige Ausweg, um zu ruhen. Selbst dann fühlte ich mich erstickt. Mein Gehirn verlor die Kommunikation mit meinem restlichen Körper, und ich sackte Schicht um Schicht in den grünen Sand.

Und so erwachte ich am Morgen, fühlte mich lebendig in einem anderen Bett. Ich sprang auf, lief auf das Dach und schrie in die Welt hinaus: »Friede sei mit euch!«

Ich fühlte jedes Atom vor lauter Pfannkuchenfrieden und Harmonie platzen. Ich wollte jeden segnen.

»Pfannkuchen, Liebe für alle!«

Der erholsame Schlaf hatte ebenso meine Neugier geweckt, und das war perfekt, weil Fanny Fod außer Haus war, und ich somit die Zucchiniburg erforschen konnte. Der Ausgangspunkt war offensichtlich. Ich musste den Kerker überprüfen, um das Knuddelmonster mit eigenen Augen zu sehen. Es war so, dass Fanny Fod mich bei unserer ersten Begegnung aus dem Haus geworfen hatte, nachdem das Knuddelmonster zu heulen begann. Aber vielleicht zählte das miteinander schlafen zum Ritus und gewährte mir die Erlaubnis, die Wunder des geheimnisvollen Knuddelmonsters mitzuerleben.

Ich kicherte wie ein kleiner Pfannkuchen, als ich – zurück in die Burg – die Wendeltreppe hinab zur Küche lief. Auf dem

Tresen hatte mir Fanny Fod zwei Flaschen Bier und einen Teller Erdnussbutter-Pfannkuchen aus ihrem Lächeln zubereitet. Durch die Küche tanzte ich einen Flattertanz, was mich selbst überraschte. Es fühlte sich großartig an dort aufzuwachen, wo man hingehörte. Sogar die Atmung war eine angenehme, spannende Tätigkeit. Ich köpfte ein Bier, nahm einen Schluck, verschlang die zwei Pfannkuchen und rieb mir meinen vollen Bauch. Das war das ultimative Frühstück. Wenn jedes Frühstück eine Nation wäre, kein Frühstück der Geschichte hätte es mit diesem aufnehmen können. Es war ein utopisches Frühstück.

Ich verschlang einen weiteren Pfannkuchen und leerte den Rest des ersten Bieres. Es war genial von Fanny Fod, nur Zutaten ihres Körpers zu verwenden. Es war einfallsreich, und sie tat das Richtige.

Ich tätschelte meinen prallen Bauch, tanzte einen Trägheitstanz und beschloss, ihm einen Namen zu geben. Ich taufte ihn – *Das großartige und wunderbare Frühstücksreich*. Vielleicht sollte ich ihn Fanny Fod vorführen, wenn sie nach Hause kam, dachte ich. Als Dankeschön für ihr Frühstück.

Durch die Kerkertür vernahm ich ein Schnaufen des Knuddelmonsters. So beschloss ich, einen Blick darauf zu werfen. Fanny hatte nicht erwähnt, wann sie zurück sein würde. Ich legte mein Ohr an die Tür. Da war ein weicher, schnaubender Ton. Es klang, als wäre es direkt hinter der Tür, und ich hatte es erschreckt.

»Entschuldigung«, sagte ich an die Tür klopfend. »Darf ich reinkommen?«

Das Knuddelmonster antwortete nicht. Langsam langte ich nach dem Türknauf. Eine kurze Weile hielt ich ihn fest, bevor ich ihn drehte. Es war die Gelegenheit herauszufinden, warum ein wundervoller und großzügiger Pfannkuchen wie Fanny Fod in der Lage war, ein böses Tier eingesperrt zu halten.

Gurken hielten ständig traurige und gefährliche Tiere gefangen, aber nicht, weil sie irgendeinen Nutzen davon hatten. In unserem Teil des Universums fielen ständig Gummimonster vom Himmel. Wenn Gurken auf die Monster trafen, wussten sie nichts anderes mit ihnen anzufangen, als sie in feuchte Schachteln zu stecken und sie Haustiere zu nennen. Sie trugen die Gummimonster nach Hause und machten sie zu ihren Haustieren, weil sie nicht wussten, was sie sonst mit ihnen machen sollten. Manchmal verwandelten sich die Gummimonster in traurige und gefährliche Haustiere.

Das Knuddelmonster klang traurig am ersten Tag. Ich war mir ziemlich sicher, dass es nicht zu den traurigen und gefährlichen Tieren zählte. Dies war ein glücklicher Ort. Jetzt wo auch ich glücklich war, gab es nichts zu befürchten.

Schwungvoll öffnete ich die Tür.

Ein Tentakel wickelte sich um meine Taille. Es zog mich hoch und schüttelte mich wie eine Ragdoll, und legte mich auf einen Boden aus Schinkenspeckgeiern. Mir war schwindelig und übel, und ich kotzte das utopische Frühstück heraus.

Ich blickte zum Knuddelmonster hoch. Es war ein riesiges Knäuel, von oben bis unten mit pelzigen Tentakeln bedeckt. Das Ende jedes Tentakel bildete ein Ohr. Nach genauerem hinsehen erkannte ich einen Mund in jedem Ohr und eine Hand in jedem Mund. Das Gesicht war flach wie das der Pfannkuchen, mit zwei schwarzen Knopfaugen. Als das Knuddelmonster gestern geheult hatte, musste das aus den Öffnungen des Mundes geschehen sein, und es musste aus den Spitzen ihrer Tentakel getränt haben. Es war an bunte Maschinen angeschlossen. Pulsierend grüne Schläuche verliefen zwischen Monster und den Maschinen. Entweder pumpte es etwas in die Maschinen hinein, oder diese saugten etwas heraus.

Das Knuddelmonster miaute. Es blinzelte mir zu, als ich die Maschine wahrnahm.

»Keine Sorge. Ich werde dir nicht wehtun«, sagte ich. »Ich möchte nur herausfinden, warum Fanny dich hier gefangen hält. Du musst sehr wichtig für sie sein, ansonsten würde sie dich nicht hier unten vor jedermann verstecken.«

Das Knuddelmonster schnupperte. Es schlug mit seinem Tentakel nervös auf den Boden. Um die Maschinen zu begutachten, musste ich ihm den Rücken zukehren. Das Tier schien gutartig und ein wenig schüchtern zu sein.

Die Maschinen besaßen keinerlei Bildschirme, Anzeigen, Knöpfe oder Hebel. Mit meiner Hand fasste ich nach einer von ihnen und griff direkt durch sie hindurch. Sie bestanden aus Farbblöcken. Aus jeder Maschine entwich Dampf, wie Atem an kalten Abendenden.

Ich langte nach einem der Stränge. Im Gegensatz zu den Maschinen bestanden die Stränge aus fester Materie.

Das Knuddelmonster miaute wieder.

»Halt still, ich möchte nur herausfinden, ob etwas in dich hinein oder hinausgeht.« Ich tastete entlang des hohlen Seils. »Hm … es kommt aus dir heraus.« Ich blickte das Knuddelmonster an und kratzte mich am Kopf. »Was sprudelt da aus dir heraus?«

Das Knuddelmonster wandte seinen Blick ab.

Ich folgte dem algenartig texturierten Schlauch zur goldenen immateriellen Maschine. Ich hob ihn an und kaute daran herum.

Ich schmeckte Ahornsirup.

Es wurde Ahornsirup aus dem Knuddelmonster gemolken.

Wo floss all der Sirup hin?

Ins Meer, na klar. Nirgendwohin außer ins Meer.

Irgendetwas knallte hinter mir. Ich fuhr herum. Das Verlies füllte sich mit grünen Ballons. Sie sahen aus wie jene, die Fanny in den Himmel hatte aufsteigen lassen. Die Ballons schwebten durch die Dunkelheit des Kerkers. Wabbelnd leise Himmelskörper. Wie eingelegte Geister.

Ich umkreiste das Knuddelmonster und entdeckte an seiner Rückseite, dass die Ballons von ihm kamen.

Über mir zerplatzten sie in ratternder Sequenz.

Mir fiel ein, dass Fanny Fod jederzeit nach Hause kommen könnte, und ich keinen Schimmer hatte, wie lange ich schon hier unten war. So tätschelte ich einen pelzigen Tentakel und verließ das Kellerverlies, benebelt von meiner Entdeckung.

Ich begab mich für den Rest des Tages aufs Dach und starrte hoch auf einen Punkt. Fanny Fod stand über mir. Keiner von uns sagte etwas. Sie lächelte nicht wirklich, obwohl sie es versuchte, und ich wusste, mein Versuch zu lächeln misslang mir genauso.

»Hattest du einen schönen Tag?«, fragte ich

»Ich bin schon eine Weile zu Hause«, antwortete sie. »Hast du deinen Tag genossen?«

»Ja, danke für dein Frühstück. Es war das beste Frühstück, das ich je hatte. Ich habe einen Tanz erfunden, um es zu ehren. Möchtest du ihn sehen?«

»Das Knuddelmonster fühlt sich nicht wohl. Ich werde hinunter in den Kerker gehen und eine Weile bei ihm bleiben. Ich liebe es so sehr. Ich kann es nicht mit ansehen, wenn es sich schlecht fühlt.«

Du liebst es nicht, dachte ich. Niemand würde etwas, das er liebte, in ein Verlies sperren und dort an eine Maschine hängen, um seine Güte aus ihm zu melken.

Ich verwarf den Gedanken. So durfte ich nicht über Fanny denken. Ich wusste, sie dachte nur an das größere Wohl, falls so etwas existierte. Ich wusste, sie war reinen Herzens und machte nur das, was sie für das Beste hielt. Selbst wenn es grausam und irrational schien.

»Möchtest du zu Abend essen?«, fragte sie.

»Abendessen wäre fabelhaft.«

Eine Frage formte sich auf ihren Erdnussbutterlippen. Sie senkte ihre Blueberryaugen.

Ich richtete mich auf, mein Herz raste. Meine Eingeweide schmerzten. Bring es hinter dich, dachte ich. Stell deine Frage und vernichte mich. Ich weiß, ich bin eine Made. Ich weiß, ich bin deiner nicht würdig. Also führe es schnell zu Ende, sanft. Und ich werde sagen, dass ich es verstehe, und werde mich höflich zu meiner eingelegten Misere zurückziehen.

»Ich werde in den Kerker gehen. Folge mir nach einer Weile«, sagte sie. »Das Abendessen kann warten.«

Sie ging.

Ich lehnte mich zurück und betrachtete den grünen Himmel. Das war meine Schuld. Ich war dafür verantwortlich. Ich habe den Himmel grün gemacht und einige Pfannkuchen getötet. Aber selbst in bösen Zeiten war ich besser als diese Pfannkuchen. Es kümmerte mich, ob ich etwas richtig oder falsch machte. Ich dachte über jedes Wort und jede Tat nach. Glückliche Pfannkuchen kümmerten sich wenig über den moralischen Wert ihres Handelns. Möglicherweise sogar weniger als die traurigen Gurken.

Das Abendessen war das gleiche wie den Abend zuvor. Obwohl es erst unser zweiter gemeinsamer Abend war, dachte ich, Fanny Fod konnte nur diese eine Sache. Zugegeben, Pfannkuchen und Ahornsirupbier waren das Beste überhaupt. Trotzdem fragte ich mich, wie lange es dauern würde, bis ich der Monotonie überdrüssig wurde. Die besten Dinge mussten an irgendeinem Punkt langweilig werden. Ich könnte sogar Sehnsucht nach Salzbrühe entwickeln, allein um der Abwechslung willen.

Es war seltsam. Obwohl wir beide wie füreinander bestimmt waren und eine tolle Nacht hinter uns lag, schien es, als wolle jeder von uns gerade nicht in der Nähe des anderen sein. Spannung lag in der Luft. Es lag auf der Hand, dass wir uns beide etwas zu sagen hatten.

»Du hast deine Pfannkuchen nicht angerührt«, stellte ich fest.

»Ich bin voll.«

»Wie geht's dem Knuddelmonster?«

»Du weißt schon, dass niemand etwas über das Knuddelmonster erfahren darf?«

Ich zuckte unschuldig. »Dem Knuddel was? Du meinst dem Nichts in deinem Kerker?«

Sie lächelte. »Ich meine es ernst«, sagte sie.

»Also, wie geht's dem Knuddelmonster?«

»Warum interessiert dich das?«

»Weil ich etwas über das geliebte Ding erfahren möchte. Ich möchte deine Liebe zum Knuddelmonster umkrempeln.«

»Ich kann das nicht.«

»Was?«

»Du warst im Kerker«, sagte sie. »Während ich unterwegs war, warst du unten im Kerker und hast es gesehen, obwohl ich dir gesagt habe, du sollst es nicht tun. Ich habe dir erlaubt, dich überall herumzutreiben. Sobald du aber die Kerkertür öffnen würdest, selbst nur ein klein wenig, würdest du hier nicht mehr willkommen sein. Ich habe dir angedroht, dich rauszuwerfen. Und du gehst hin und öffnest die Tür! Du hast die Tür geöffnet und das Knuddelmonster infiziert mit deinem … nun ja, du hast es mit dir infiziert. Also, jetzt kann ich dir nicht mehr vertrauen in meiner Burg.«

Ich wollte mein Verlangen nach Antworten stillen. Hielt sie das arme Ding eingesperrt, nur um es zu melken? War es das wert? Warum bot sie dem Knuddelmonster nicht ein sonnigeres Zimmer der Burg an? Aber ich war nicht in der Position, ihr Fragen zu stellen. Sie hatte zuerst ihre Beschwerden eingebracht. Außerdem war dies ihre Burg. Und überhaupt war dies die Pfannkucheninsel, und nicht der eingelegte Planet. Argumentieren war vermutlich tabu.

»Kannst du es mir erklären?«, fragte sie.

Ich faulte. Mein ganzes Leben hatten eingelegte Gurken Erklärungen von mir verlangt, für die Taten die ich beging. Es war gefährlich, zu versuchen, ihr das zu erklären, was nicht sein sollte. Es war besser, still zu sein und sie das denken zu lassen, was sie wollte.

»Nun?«, hakte sie nach.

»Können wir erst unser Abendessen genießen und danach reden?«, fragte ich.

Sie neigte ihr Haupt, griff nach ihrem Glas und schenkte sich selbst Bier ein. Ich sah dies als Zustimmung an. So gewann ich Zeit, meine durcheinandergeratenen Gedanken zu ordnen. Währenddessen wandte ich meinen Körper den Geschmacksnerven zu und stopfte mich mit Pfannkuchen und Bier voll.

Nach dem Essen begaben Fanny Fod und ich uns sofort zu Bett. Sie sah nicht nach dem Knuddelmonster. Sie sprach nicht mal dessen Namen aus. Fanny ging vor mir die Treppe hinauf, aber ich stieg zuerst in das große Bett. Wie am Abend zuvor trafen wir uns in der Mitte des Bettes.

Wir umschlangen uns gegenseitig mit den Armen. Wir umschlangen uns gegenseitig mit den Beinen. Wir konnten uns unmöglich noch näher kommen. Es war ein weiterer großartiger Moment für mich, aber ich fühlte, dass dies für sie möglicherweise nicht so war.

Irgendwann, als ich erwachte, bemerkte ich, dass Fanny über mir auf dem Dach stand und sich etwas verändert hatte. Wir waren nicht länger dieselbe Gurke und derselbe Pfannkuchen wie die Nacht zuvor.

»Ich kann das nicht tun«, flüsterte sie.

Sie glitt entlang an meinen Armen. Kein gute Nacht, kein Erdnussbutterkuss.

Ich fiel in Schlaf, träumte von den Gesichtern. Sie versuchten, die Burg zu ersticken. Es wird euch gelingen, sagte ich zu ihnen im Traum. Ihr teuflischen Kerle werdet erfolgreich sein.

Ich wollte es nicht wahrhaben. Ich wollte nicht, dass diese bösen Gesichter erfolgreich waren, denn wenn sie mich jemals im Traum ersticken würden, würde ich für immer verloren sein. Und mittlerweile hatte ich mehr als einen Traum zu verlieren. Ich hatte Fanny Fod.

DIE EINGELEGTE APOKALYPSE

Ich erwachte in einem Schlachtfeld.

Fanny Fod krümmte sich am Boden, in einem Gewirr aus Crêpedecken. Ihre Blueberryaugen schaukelten in ihren Höhlen. Sie hatte einen Anfall.

»Fanny!«, rief ich.

Ich hielt meinen Schädel mit den Händen. Der Schrei schmerzte im Kopf.

Mein rechter Finger stieß auf etwas Flüssiges, das weder Sirup noch Salz war. Ich zuckte zurück und betrachtete meine Hand. Meine Hand war mit grünem Blut bedeckt. Meine Güte, was hatte ich getan? Mit meinen Fingern tastete ich meinen Kopf ab. Auf der Rückseite bemerkte ich ein Loch. Während des Schlafens hatte ich versucht, mir ein Loch in den Schädel zu bohren. Warum nur? Was trieb mich dazu, mir meinen Kopf abzureißen? Nun registrierte ich die schmerzende Wunde. Schlimm. Sie hatte so lange nicht geschmerzt, bis ich sie entdeckt hatte.

Ich drängte meinen Schmerz beiseite, um ihr zu helfen. Dermaßen aufgeweicht und am Boden herumkullernd, hatte ihr Körper vermutlich das meiste absorbiert. Dies könnte die Auswirkung eines schweren Hirntraumas sein – raushängende Zunge etc. Ich erkannte, dass ich nicht viel tun konnte, wartete ab und setzte mich neben ihren bebenden Körper. Wie konnte ich das geschehen lassen? Ich wusste, dass Epilepsie nicht ansteckend war. Um nicht meinem eigenen Schmerzen zu verfallen, kniff ich mich selbst. Nach einer Weile beruhigte sie sich wieder, ihr schäumender Krampf ebbte ab.

Sie behauptete, dass alles glühte. »Ich möchte mit Licht bedeckt werden«, sagte sie. »Ich möchte in der Sonne stehen.«

»Kannst du gehen? Falls du möchtest, trage ich dich auf das Dach.«

»Mach dir keine Sorgen um mich. Ich fühle mich spektakulär. Ja, lass uns aufs Dach gehen.« Sie blickte mich verwirrt an. »Dein Kopf blutet. Warum blutet dein Kopf?«

»Als ich aufgewacht bin habe ich es bemerkt. Ich habe keine Ahnung, was passiert ist. Schon okay. Meinem Kopf wird es besser gehen, sobald wir im Licht sind.«

»Schmerzt es?«

»Es schmerzt.«

»Tut mir leid.«

»Schon okay.«

Hand in Hand erklommen wir die Stiegen hinauf zum Dach, standen im grünen Licht.

Die Luft war feucht und schwül.

Wir blickten hinaus auf die Welt und bemerkten, dass alles falsch war.

Fanny ließ meine Hand los.

Tausende von grünen Pfannkuchen schwärmten auf der Insel umher. Sie schlurften in Richtung Zucchiniburg – sabbernd und stöhnend.

»Was ist mit ihnen passiert?«, wollte Fanny wissen.

»Sie wurden eingelegt«, sagte ich und versuchte, Fanny an der Hand zu nehmen. Aber sie zog sie weg.

Die Pfannkuchen umstellten die Burg. In der Ferne schimmerte das Meer. Es war grün wie die Sonne. Rechts unter uns, den Pfannkuchen Mob anführend, stand der Tür-besessene Pfannkuchen neben dem plattgedrückten Raketen-vögelnden Pfannkuchenjungen.

Die beiden starrten mich mit traurig beschuldigender Mimik an. Der Tür-besessene Pfannkuchen erhob seine rechte Hand und deutete auf mich. »Du«, schrie sie. »Du hast mich in diesen Zustand gebracht.« Sie war kaum wahrnehmbar durch das Stöhnen der Menge, aber ich und Fanny verstanden sie trotzdem.

»Du hast das Glück zerstört, Gaston Glew«, zürnte Fanny. »Du hast das Glück zerstört und mich belogen.«

Sie ging weg, verließ das Dach. Ich machte mich auf, ihr zu

folgen, stoppte aber schnell. Da gab es nichts, was ich ihr hätte sagen können. Ich hatte ihren Planeten eingesäuert und zu guter Letzt ihre Rasse. Die Aussicht auf eine gemeinsame Zukunft war düster.

Ich stand auf dem Sims und blickte hinab auf die untoten Pfannkuchen, die jammernd und kratzend vor der Zucchinitür standen. Fanny Fod lag richtig. Ich hatte das Glück zerstört.

»Oh, Miss Tür-Liebhaberin, Mister Raketen-Vögler«, rief ich. »Es tut mir leid was ich euch angetan habe. Es tut mir leid. Ehrlich. Bitte nehmt meine Entschuldigung an und werdet wieder euer normales, glückliches Selbst. Ihr seid Pfannkuchen, erinnert ihr euch? Ihr könnt nicht für immer tot sein.«

Und Glück ist nicht für immer, oder so hatte die tote Sonne gesagt.

Die tote Sonne schmetterte nach unten.

Alle Pfannkuchen erhoben einheitlich ihre flachen Köpfe und glotzten mich an. Ihre unbeweglichen Augen fixierten mich. Obwohl sie grün und kränklich aussahen, wirkten sie nicht entmutigt. Sie sahen … hungrig aus.

Gurkenförmige Zungen aalten sich aus ihren Mäulern. Die Pfannkuchen leckten sich über ihre Lippen und schmatzten mit ihrem verrottenden Mündern. Zusammen stöhnten sie: »Glüüück-Glüüück-Glüüück …«

Das war, als sie die Tür aus ihren Angeln rissen.

Ich eilte die Treppen hinab und übersprang dabei ein paar Stufen. Das Knuddelmonster war in Gefahr, denn ich hatte es infiziert und somit den gesamten Sirup im Ozean. Alles habe ich ruiniert, aber Fanny Fod und ich könnten noch entkommen. Mit viel Glück war noch ein wenig Glück übrig, um irgendwo im Universum eine neue Kolonie zu gründen. Sollte der letzte glückliche Platz aussterben, waren wir die letzte Chance um einen neuen zu gründen.

Ich hörte sie schlurfen, bevor ich das Erdgeschoss erreichte. und stolperte ein paar Schritte. Den Rest flog ich hinunter, bis ich den Boden erreichte. Ich sprang auf, bereit mich dem Kampf gegen die Pfannkuchen zu stellen, aber sie kamen nicht in meine Richtung. Ihre schlurfenden Schritte bewegten sich Richtung Küche. In kürzester Zeit würden sie die Tür aufgebrochen haben.

Meine Arme zitterten. Sie waren fast zu schwer, um sie anzuheben. Ich ballte meine Hände zu Fäusten und hielt sie unter mein Kinn. Ich fühlte mich ängstlich und allein. Aber wenn ich Fanny nicht retten würde, und diesen Pfannkuchen nicht zeigen würde wer der Boss war, würde die Angst und Einsamkeit nie weggehen.

Ich ging den engen Gang entlang, der vom Stiegenhaus zur Küche reichte. Drei Pfannkuchen rauften sich auf dem Weg zu mir. Ich schwang meine Fäuste gegen sie. Grüner Sirup spritze aus ihren Körpern. Ich schlug und schlug, zerkleinerte sie, als wären sie übergroße Knoblauchspinnen. Kaum hatte ich die erste Partie erledigt, näherte sich schon die nächste. Gleichzeit grunzte ein Chor hinter mir. Ich spannte meine Arme an, mit der Hoffnung, mir einen Weg durch die Küche Richtung Kertür durchkämpfen zu können, noch bevor sie es geschafft hätten, mich in der Halle einzukreisen.

Ich streckte Pfannkuchen auf Pfannkuchen nieder. Ihre matschigen Kadaver häuften sich, sobald sie in Schlagreichweite kamen. Schon bald boxte ich nicht nur den mir näher kommenden Pfannkuchen das Gehirn raus, sondern trat auch gegen die Toten. Ich musste mich ranhalten, um weiter vorwärts zu kommen. Das Stöhnen hinter mir näherte sich rasch.

Ich dachte an die Gesichter. Die Gesichter. Die mich ersticken würden. Deshalb kehrte ich um und lief zurück zu den Treppen. Die Angst, von den Gesichtern erstickt zu werden, wurde größer, als die Angst, Fanny zu verlieren. Während ich noch meinen impulsiven Trieb überwand, eilte ich bereits die Treppen hoch. Pfannkuchen verschlangen alles um mich herum.

Die Pfannkuchenmeute drang weiter vor. Ich hatte freien Weg hinauf, jedoch keinen hinab und musste die Erstickungsangst überwinden. Dieses Mal wirklich. Ich durfte Fanny Fod nicht mehr enttäuschen. Nach allem, was ich auf mich genommen hatte, was ich zerstört hatte, nachdem ich diesen weiten Weg vom eingelegten Planeten hinter mich gebracht hatte, um die wahre Liebe zu finden und einen Alptraum heraufbeschworen hatte, musste es so weit kommen.

Die Worte der toten Sonne kehrten zurück.

Es ist wie ein Subjekt und Objekt zugleich. Die Grenzen zwischen deiner Wahrnehmung und der Welt zerfallen.

Das war, als Fanny und ich unsere erste gemeinsame Nacht verbrachten, sich unsere Lippen trafen und wir uns einen leckeren Traum teilten. Wir übertrafen uns selbst und übertrafen die Erwartungen des anderen. Es war das schönste Gefühl überhaupt.

Ich tauchte in den Schwarm eingelegter Pfannkuchen und widerstand, dagegen anzukämpfen und meine Fäuste zu schwingen. Kämpfe nicht, sagte ich zu mir selbst. Nicht kämpfen, nicht kämpfen, nicht kämpfen!

Ich schloss meine Augen und ließ die Pfannkuchen mich hinabzerren. Dabei stellte ich mir ihre Körper als Moleküle von Fannys Erdnussbutterlippen vor, und dass sie mich verschlangen. Ich sank immer tiefer in die grüne unruhige Masse aus Körpern. Ein lebend grüner See aus Sirup und Salz.

Die eingelegten Pfannkuchen trugen mich zur Tür des Kerkers. Ich konnte sie nicht selbst sehen, die Menge versperrte mir die Sicht, aber sie trieben mich vorwärts. Nun vertraute ich ihnen. Sie wollten mich nicht verzehren oder Rache für ihre eingesäuerte Insel walten lassen. Möglicherweise waren sie trunken vor Salz, aber ich ja auch.

Ein Maul voll Ahornsirup und Salzbrühe einsaugend dachte ich daran, wie eigentlich Fannys und meine Kinder schmecken würden, sollte es uns jemals gelingen, diesem Schlamassel zu entkommen. Sollte sie mir jemals verzeihen. Und sollten wir uns absetzen. Und *WHAM!*

Ich traf auf die Kerkertür. Die Pfannkuchen machten Platz, ich taumelte. Nicht länger unter den Pfannkuchen vergraben, stand ich bis zur Taille in Flüssigkeiten.

»Glüüück-Glüüück-Glüüück …«, stöhnten die Pfannkuchen.

Ich versuchte, die Tür zu öffnen, aber sie war verschossen. »Fanny, ich bin's«, rief ich. »Alles wird gut. Wir sind in Sicherheit. Die eingesalzenen Pfannkuchen sind unsere Freunde.«

»Verschwinde, Gaston. Du bist verseucht«, antwortete Fanny.

»Glüüück-Glüüück-Glüüück …«, grunzten die Pfannkuchen an der Tür schabend.

»Alles ist gut«, rief ich. »Wie geht's dem Knuddelmonster?«

»Infiziert.«

»Tut mir leid«

»Jetzt verschwinde, und nimm die Pfannkuchen mit.«

»Vertrau mir, Fanny, ich würde dich nicht anlügen.«

»Das hast du bereits.«

»Aber jetzt lüge ich nicht. Ich habe das Glück zerstört. Das weiß ich. Glaub mir, es ist nicht so schlimm, wie du denkst. Vertrau mir. Ich komme von der Achse des Universums. Ich weiß, wie schlimm Dinge sein können. Vielleicht sind es nicht mehr die Pfannkuchen, so wie du sie kennst. Vielleicht singen und tanzen sie nicht mehr. Vielleicht sind sie weniger lecker, als sie es sein sollten, aber sie sind immer noch Pfannkuchen. Sie haben nur ein wenig von mir in sich. Und – liebst du mich nicht?«

»Du hast mein Heim, mein Leben, alles, was ich jemals kannte, in dein Ebenbild verwandelt.«

»Ist es nicht das, was Liebe macht?«

»Du hast alles zerstört.«

»Das sagst das immerzu, aber du liegst falsch damit, alles so schlecht zu sehen. Es muss nicht schlecht sein. Diese Pfannkuchen sind gruselig, aber sie sind nicht böse. Sie sind immer noch von deiner Abstammung. Komm schon, gib mir eine Chance. Öffne die Tür. Ich möchte dich sehen. Ich möchte dich halten. Lass mich versuchen, es wieder gut zu machen.«

»Hau ab, Gaston.«

»Ich kann dem Knuddelmonster helfen.«

Die Pfannkuchen krochen dicht neben mich. Ich wandte mich um und drängte sie beiseite. Ich warf ihnen einen Blick zu der sagte, *seid still.* Ich hoffte, ihre infizierten Hirne würden das kapieren.

Auf der anderen Seite hörte ich Fanny mit dem Knuddelmonster sprechen, und es sprach mit ihr. Zumindest war das verdammte Ding am Leben.

Ich presste die rechte Seite meines Kopfes gegen die Tür und beschoss, ruhig zu sein, bis das Gespräch zu Ende war.

Nichts geschah.

Die Pfannkuchen um mich herum begannen zu murmeln.

»Ich fühl mich so traurig«, sagte ein aufgeweichter Pfannkuchen.

»Ich fühl mich einsam«, sagte ein anderer.

»Ich fühle mich so schlecht, bei dem was ich fühle«, sagte ein Dritter.

»Ich auch«, bestätigte die Menge.

Ich wirbelte herum und hielt einen Finger an meine Lippen. Ich *schsch*-te die Pfannkuchen. Meine Hand zitterte und fiel herab, als ich sah, was ihnen fehlte. Sie verfielen in einen so salzigen Zustand, dass das letzte Glück aus ihrem porösen Fleisch quoll. Glück verwandelte sich in Eiter. Gelb und ranzig.

»Wir sterben«, winselten sie.

»Seid still. Ihr werdet nicht sterben«, beruhigte ich sie. Vermutlich gab die Einsäuerung ihnen Kenntnis über die üblen Dinge, derer sie unwissend gewesen waren.

Die Küche und der Vorraum füllten sich mit ihren zersetzenden Körpern.

»Gaston, bist du da?«, fragte Fanny.

»Ja, ich bin da.«

»Danke für deine Geduld.«

»Mach einfach die Tür auf.«

Die Pfannkuchen weinten nun leise.

»Öffne die Tür«, sagte ich.

Die Kerkertür schwang auf. Ich hörte Fanny die Treppen hinuntereilen. Ich trat auf die erste Stufe. Kein Lichtschein von der Phantommaschine. Kein ohrbestücktes Tentakel wirbelte durch die Luft.

»Fanny?«, fragte ich.

»Hier unten.«

»Fanny?«

»Schließ die Tür.«

»Ich brauche Licht.«

»Das Knuddelmonster braucht es dunkel.«

»Kannst du für einen kurzen Moment die Sirup Maschine anmachen? Sobald ich unten bin, kannst du sie wieder abschalten.«

»Die Maschine ist kaputt.«

Sie gab mir nicht die Schuld dafür. Im schwachen Lichtstrahl, der durch den Türschlitz kam, erkannte ich, dass das Verlies mit Ballons gefüllt war.

Die Ballons verdeckten die massige Gestalt des Knuddelmonsters.

»Schließ die Tür«, wiederholte Fanny.

Ich griff mit meiner linken Hand nach dem Geländer, drehte mich, um mit der Rechten die Tür zu schließen.

Ein Pfannkuchen schlüpfte seitlich herein, bevor die Tür schloss. Ich ließ sie los und versuchte, den Pfannkuchen aufzuhalten, bevor er an mir vorbeihastete. Aber die Tür hinter mir schwang auf und brachte mich aus dem Gleichgewicht. Einen Moment lang strauchelte ich hin und her.

»Glüüück-Glüüück-Glüüück ...«, grunzten die Pfannkuchen, als sie den Kerker betraten.

Ich stolperte von einem Ende zum anderen.

Rutschte auf dem eingelegten Boden, versuchte zu stehen, aber die Pfannkuchen liefen die Treppe hinab und trampelten über mich darüber.

Fanny Fod schrie.

Ich schlug wild um mich. Meine Fäuste trafen auf grunzende Pfannkuchen. Ihre Sirupeingeweide verteilten sich rund um mich und formten eine Barrikade, sodass sie nicht länger über mich trampeln konnten.

Ich erhaschte einen Blick auf Fanny. Sie stand neben dem Knuddelmonster. Die Pfannkuchen umkreisten sie von allen Seiten. Sie lief im Kreis und schlug jene, die sich ihr näherten.

»Bleibt zurück«, schrie sie. »Ihr alle, bleibt weg!«

»Fanny!«

Sie streifte mich kurz mit ihrem Blick, während ich mich tapfer durch die Pfannkuchen Menge vorkämpfte, um ihr zu helfen. Während ihrer kurzen Unachtsamkeit, erhöhten die Pfannkuchen ihr Tempo und verdoppelten ihre Angriffe. Sie schwangen ihre unbeholfenen Leiber, bewegten sie nun in mit einer Stärke und Agilität, die sie zuvor noch nicht hatten. Sie erhoben ihre Köpfe, zeigten Reihen kleiner, scharfer, kristallisierter Ahornzähne und stöhnten: »Glüüück-Glüüück-Glüüück ...«

Bevor ich Fanny erreichen konnte, wurde sie unter den Pfannkuchen begraben. Ich kämpfte mich vor, verzweifelter den je.

Es schien mir, als hätten die Pfannkuchen sie nicht absichtlich begraben, eher so, als wäre sie im falschen Moment am falschen Ort gewesen. Dort, wo sie eben noch stand, häuften sie sich. Sie krochen übereinander, fletschten ihre neu erworbenen Zähne und Klauen gegen das Knuddelmonster, dessen Züge sich schmerzvoll verzogen. Das Monster hatte sein Fell verloren. Es war nun kahl und grün. Mir war klar, dass ich es infiziert hatte. Das akzeptierte ich. Schwerer zu akzeptieren war es, wie schlimm es eingelegt war. Es befand sich in einem weit schlechteren Zustand als die Pfannkuchen.

Gurken sprossen durch sein Fleisch, verfälschten seine ursprüngliche Form. Das Knuddelmonster sah nun wie ein mit Meeralgen übersätes Korallenriff mit einem monströsen Akne Problem aus.

Ein klaffender Schlitz spaltete seinen Bauch. Grüne Ballons schwebten aus der Wunde. Von dort kamen also die grünen Ballons. Das Monster war mit grünen Ballons gefüllt.

Die Pfannkuchen stapelten sich übereinander. Sie kämpften sich ihren Weg zum Knuddelmonsterbauch vor, wo sie versuchten, die grünen Ballons zu verschlingen. Aber diese zerplatzten unter dem Druck ihrer Zähne und Klauen. Sie gingen über, das Fleisch des Monsters zu verzehren.

Es miaute und wimmerte. Die eingelegten Pfannkuchen hielten ihn mit Hilfe der Fesseln zurück, machten das Biest völlig hilflos.

Ich wusste, der einzige Weg Fanny zu retten war, das Monster zu retten, und um das Tier hier lebend rauszubekommen, musste mir Fanny helfen. Es waren einfach zu viele Pfannkuchen im Kerker.

Ich tauchte in den Haufen.

Dann bohrte ich mich durch schwammiges Pfannkuchenfleisch.

Pfannkuchen schnappten nach mir, allerdings versuchten sie nur, an das Knuddelmonster heranzukommen.

Während ich nach Fanny suchte, wunderte ich mich über den vögelnden Jungen und den Tür-besessenen Pfannkuchen. Es sah damals so aus als versuchten sie, mich zu stellen, während die ersten Pfannkuchen sich der Zucchiniburg näherten. Die fortschreitende eingelegte Verschlechterung musste ihnen ihr Bewusstsein auseinandergerissen haben. Wahrscheinlich vergaßen sie alles über mich.

Ich rief nach Fanny. Sie sollte eigentlich schreien, tat es aber nicht.

Ich scharrte mich schneller und schneller durch die Pfannkuchen, bis ich so gut wie begraben war, als ich sie endlich entdeckte.

Der Pfannkuchenberg hatte sie erstickt.

Fanny Fod war flachgedrückt, gebrochen. Ich zog sie in meine Arme und führte meinen Kopf zu ihrer Brust, wo ich einen schwachen Herzschlag vernahm.

Ich hielt sie so nah wie möglich, ohne ihren Körper noch mehr zu zerstören, während ich den Pfannkuchenschwarm abzuhalten versuchte, weiter das Knuddelmonster zu verzehren.

Die Pfannkuchen nahmen jeden erdenklichen Platz im Kerker ein. Sirup und Salz schwappte bis zu meiner Taille hoch. Grüne Ballons stiegen unaufhörlich aus der Knuddelmonster Bauchwunde. Um es zu erreichen, mussten sich die Pfannkuchen nun durch eine Schicht Ballons kämpfen. Sie verschwanden in der niedrig hängenden Ballon Wolke, die sich gebildet hatte.

Ich hörte sie schlemmen. Das Monster schrie.

Zu diesem Zeitpunkt wollte ich nichts mehr, als Fanny Fod die Treppen hinaufzutragen, die Kerkertür zu verschließen, die Zucchiniburg und diese eingesalzenen Pfannkuchen für immer zu verlassen. Aber ich fürchtete, sie zu tragen würde sie töten.

»Fanny, kannst du mich hören? Wir müssen fliehen. Wir können nicht hierbleiben. Wenn du mich hören kannst – es tut mir leid wegen des Knuddelmonsters.«

Bei der Erwähnung vom Knuddelmonster reagierte sie ein wenig. Ihre verletzte Haut flackerte grün, beinahe elektrisch, bevor es zu einem kranken Braun abklang.

Ich dachte, sie wäre von uns gegangen, als ein Schimmer in ihre Augen zurückkehrte: »Gaston Glew, du hast das Glück zerstört.« Dabei lächelte sie.

Ich schüttelte meinen Kopf. »Wir können weiter glücklich sein. Dazu brauchen wir nur uns. Die Welt hat keine Bedeutung für uns.«

»Rette das Knuddelmonster«, flehte sie gurgelnd. Ihre Stimme klang kratzig. Wie eine defekte Maschine. »Das Knuddelmonster ist die Quelle allen Glücks.«

Ihr Fleisch flackerte erneut. Der Name behielt eine nicht enden wollende Macht über sie. »Meine Stimme verabschiedet sich. Ich werde sie jeden Moment verlieren. Was auch immer passiert, du solltest wissen, dass ich dir vergebe. Ich vergebe dir, dass du das Glück zerstört hast. Ich vergebe dir, dass du meinen Planeten eingesäuert hast. Ich hoffe, dass dein ewiges Leid dir eine Möglichkeit gibt, dir selbst zu vergeben, für all die schrecklichen Dinge, die du getan hast. Ich liebe dich, Gaston Glew. Mögest du mich für immer in deinem Herzen am Leben erhalten.«

»Ich liebe dich, Fanny Fod.«

Ich verstand es nicht. Sie sah noch genauso schön und wunderbar aus wie an dem Tag, als ich sie traf.

Und nun wuchs sie.

Während ich sie in meinen Armen hielt, schwoll sie wie ein Ballon an. Das Knuddelmonster, die Pfannkuchen und die Ballons füllten bereits den gesamten Kerker, und nun schwoll Fanny Fod an und übte zusätzlich Druck auf den überfüllten Raum aus.

Als ich sie nicht länger halten konnte, stand ich auf und kämpfte mich durch die Pfannkuchen, die mir den Weg zur Treppe abschnitten. Ich erklomm die Stiegen, Schritt für Schritt, durch dicke Mauern aus Pfannkuchen. Eventuell würde ich die Spitze erreichen. Ich wandte mich um.

Das eingelegte Sirupmeer im Keller stieg an.

Fanny Fod war nun genauso groß wie das Knuddelmonster. Jedes ihrer Blueberryaugen war bereits größer als ich. Die Pfannkuchen, die sie zuvor erstickt hatten, wurden nun von ihr erstickt. Und grüne Ballons klebten an ihrem Körper.

Sie wuchs immer weiter.

Wurde noch mächtiger als das Knuddelmonster.

Sie war ein erfreuter Pfannkuchen-Himmelskörper.

Ein Makrokosmos Erdnussbutterlippen öffnete sich weit. Es machte den Eindruck, als würde sie zweigeteilt. Als würde sie das Knuddelmonster verschlingen.

Eine riesige Tentakelzunge ringelte sich aus ihrem Mund. Sie leckte über ihre Lippen und rollte sich wieder ein. Ihre Erdnussbutterlippen verzogen sich zu einem Lächeln. Irgendwie wusste ich, dass sie sich nie wieder trennen würden. Ihr Mund würde sich niemals mehr öffnen.

Ich versuchte, meine Verwirrung und Trauer herauszuschreien. Aber als ich meinen Mund öffnete und mein Schrei die Luft zerschnitt, zerplatzte sie. Sie explodierte, gleich aufsteigender Riesenwürmer grün und goldenen Lichts.

Fanny Fod erreichte den Zustand des leckeren Zerfalls.

WINTERZEIT

WILLKOMMEN IN DER WELT VON FOD

Sie gebar ein neues Universum.

Ihr goldenes Fleisch erstreckte sich ewig weit, formte die Hintergrundkulisse. Die Explosion hatte ihre Augen in Billionen Granatsplitter zerteilt. Sie schimmerten in der Kulisse. Wie Blueberrysterne.

Die Überreste der eingelegten Pfannkuchen hatten sich zu Meteoren und Asteroiden vereint. Eines Tages würden sie alt sein und kollidieren. Einige dieser Kollisionen würden Planeten formen.

Alles roch und schmeckte bierig und sirupsüß. Die eingelegte Essenz durchzog alles wie ein Kometenschweif, ohne etwas zu beflecken.

Über mir oder unter mir, je nach dem wie man es betrachtete, erstreckten sich Fanny Fods Erdnussbutterlippen Tausende von Meilen.

Ihre Lippen formten eine einsame Insel.

Und auf dieser Insel lag das Knuddelmonster.

Ich reiste so lange, bis meine Füße die Oberfläche ihrer Lippen erreichten und streichelte den halb verspeisten Schädel des Knuddelmonsters.

Ich machte mich an die Arbeit, all seine eingelegten Tentakel in der Erdnussbutter zu vergraben, sodass sie möglicherweise eines Tages wurzelten und wuchsen.

Das Knuddelmonster öffnete seine Augen und zwinkerte mir zu, dann fielen seine Augenlider zu, und es verfiel in einen tiefen Schlaf.

Das Knuddelmonster begann sein neues Leben als ein Baum. Eines Tages würde dieser blühen und Früchte tragen.

Doch bis dahin schlief es.

Ich musste noch eine letzte Angelegenheit erledigen, bevor ich ihre Lippen verließ.

Mit meiner Hand gravierte ich ein gigantisches B in die Erdnussbutter, stand auf und schritt zurück, um meine Arbeit zu betrachten.

Ich hatte beabsichtigt, Captain Pickles Motto in ihre Lippen zu kritzeln. Ein Mahnmal für alle zukünftigen Lebewesen – sollte es welche geben –, um den Kampf zwischen all den Kreaturen zu beenden, egal was es kosten möge. Man muss nicht eingelegt sein um zu verstehen, was Captain Pickle damit meinte, als er sagte: Befreie dich selbst aus dem salzigen Schicksal, oh eingelegter Gefangener!

Es traf mich, dass, wenn das Knuddelmonster woanders aufblühen würde, die Kreaturen von Fanny Fods Welt nicht mehr vom Schicksal verfolgt würden, sollten sie für die Kreation dieser Welt Schicksal verdienen. Und das hieß, ich war endlich frei.

Ich wischte mit meinen Händen erneut in ihren Lippen und entfernte die Rundungen des B, verwandelte es in ein I, das sich meilenweit erstreckte.

Tagelang arbeite ich ohne Rast, buddelte Zentimeter für Zentimeter, um meine neue Nachricht in ihre Erdnussbutterlippen zu graben.

DU BIST FREI.

Meine Arbeit hier war getan. Ich hatte den Rest ihres Körpers geformt.

Zur Winterzeit ihres Universums flog ich weiter.

DER AUTOR

Cameron Pierce lebt in Portland, Oregon, zusammen mit seiner Frau, Autorin Kirsten Alene. Er war Assistent als Tierpräparator, Zeitungsverkäufer, Schalentierfarmer, Studienabbrecher und als Extra in einem Gus Van Sant Filmes tätig.

Seine Werke wurden von The Guardian, Cracked.com, Details Magazine, Lloyd Kaufman, New York Times Bestseller Autor Piers Anthony und John Skipp, S.G. Browne, Carlton Mellick III, SF Site, New Times und vielen weiteren hoch gelobt.

Seine Fiktionen und Gedichte erschienen in The Barcelona Review, The Bizarro Starter Kit (Purple), The Pedestal Magazine, The Nervous Breakdown, Verbicide, Christmas on Crack, Bust Down the Door und Eat All the Chickens, The Dream People, Nemonymous, The Magazine of Bizarro Fiction, Everyday Genius, Bare Bone, Avant-Garde for the New Millennium, Kill Author, The Horror Library Vol. II, Metazen, Thieves Jargon, und Beckett Football Monthly (als er acht war).

2006 nahm er am Borderlands Boot Camp teil und lernte unter Thomas Monteleone, F. Paul Wilson, Douglas Clegg, und Thomas Tessier.

2009, reiste seine Meat Magick Performace Serie rund um den Pazifischen Nordwesten und fand ihren Platz in Bars, Hauspartys, McMenamins Edgefield und dem Seattle Center.

2011 gewann sein Kurzgeschichtenband Lost in Cat Brain Land den Wonderland Book Award als beste Anthologie des Jahres.

Cameron ist ebenso Herausgeber der Lazy Fascist Press.

LESEPROBE
ROTTEN LITTLE ANIMALS
KEVIN SHAMEL

KAPITEL 1
KATZENKAMPF

Scaredy Cat raste durch den Zaun, dabei brachen drei Latten. Er wirbelte in der Luft und segelte mitsamt splittender Projektile in den Hinterhof. Es begann zu regnen.

Scaredy landete im Gras, machte einen Buckel und sprang auf die gestreifte Katze zu, die von der anderen Hofseite auf ihn losstürmte. Die andere Katze – Stripey – sprang ebenfalls in die Luft, um dort direkt auf Scaredy zu treffen. Sie stießen etwa zwei Fuß über dem Gras zusammen. Scaredy biss Stripey in den Nacken und vergrub seine hinteren Pfoten in dessen Bauch. Stripey blockte ab und verbiss sich in Scaredys linker Vorderpfote.

Die Katzen fielen zu Boden.

Der verfluchte Fleischtransporter fuhr erneut in die Szene.

»Cut, Cut! Scheiße, stoppt die verschissene Aufnahme!«, schrie Stinkin' Rat unter einer großen Hortensie hervor.

Scaredy half Stripey auf. »Lass uns aus dem Regen gehen«, schlug er vor.

Sie huschten zur Hortensie.

Die Hühner hinter der Kamera und der Director/Producer näherten sich dem Aufnahmebildschirm.

Stinkin' Rat sagte: »Wow! Scheiße war das grandios! Ihr Katzen wart verdammt großartig. Stripey, das war der beste Sprung heute Morgen.« Die Ratte war entzückt, ihre kleinen schwarzen Augen pickten jedes Detail jeder Sekunde des Videos heraus. »Tolle Bewegungen von euch beiden. Erstklassige Arbeit, mit den abbrechenden Latten, Ratten!«

Stinkin' begutachtete den Kampf am Monitor, der in drei

Ansichten unterteilt war – Nahaufnahme, eine etwas entferntere Aufnahme und eine Gesamtaufnahme. Nach einem kurzen Moment sagte er: »Und es beginnt zu regnen … Und der beschissene Fleischtransport aus Iowa fährt zum dritten Mal vorbei!«

Er langte nach oben, packte einige Äste des Busches und rüttelte daran herum. Tropfen fielen auf die darunter versammelten Tiere. Die Kamera-Hühner breiteten ihre Flügel über dem Monitor aus. Zwei von ihnen klecksten dabei auf den feuchten Boden unter ihren Füßen.

»Ich frage mich, was mit diesen Idioten los ist!?« Die Ratte ließ von den Ästen ab. »Julio, hast du die Arschlöcher ans Telefon bekommen?«

Stinkins Sohn kam hinter einem Stängel der Hortensie hervor. »Ja, hab' ich, Dad. Sie sagten sie könnten die Busstation nicht finden.«

»Hast du ihnen gesagt, dass diese rechts neben dem beschissenen Hinterhof ist, an dem sie dauernd vorbeifahren!? Dort, wo sie meine verfluchte Aufnahme ruiniert haben!? Hast du ihnen auch gesagt, dass sie nicht nur zu spät dran sind, sondern dass die verdammte Aufnahme *meines Drehortes* nun aussieht, als hätten wir sie vor einer grünen Leinwand gefilmt? Hast du ihnen mitgeteilt, dass sie dabei sind, meinen verfickten Film zu ruinieren?« Die Ratte stand auf ihren Hinterbeinen und kackte. Kügelchen häuften sich neben ihren Pfoten. Sie trat zur Seite.

Julio zuckte zusammen und sagte: »Äh, nein Dad.« Er deutete zur Bushaltestelle hinter ihnen, wo gerade zwei Männer auf der anderen Seite des Lattenzaunes den Fleischtransporter entluden. »Du weißt schon, äh, dass das *Menschen* sind.«

Stinkin' kickte einen Stein nach Julio. »Das weiß ich. Ich meinte nicht … Ich bin ja keine Gaia!« Er wandte sich an die versammelten Schauspieler und die Crew. »Alles klar, sobald diese Arschlöcher mit dem Entladen der Eingeweide und dem Zeug fertig sind, drehen wir weiter. Bis dahin machen wir Pause.«

Die Ratte scheuchte alle fort und rief: »Dirty Bird!«

Die Tiere schlenderten in den Hinterhof.

Ein Diademhäher – eigentlich mehr ein Blauhäher, aber mit schwarzem Kopf und kleinen weißen Flecken – schwebte von einer riesigen Zeder herab.

»Ja, Boss?«, fragte er nach der Landung.

»Pause. Wo ist deine Flasche?«

Der Vogel zauberte einen silbernen Flachmann unter seinem Flügel hervor.

Die Ratte trank davon und streckte sie dem Vogel wieder entgegen.

»Danke, Dirty.«

»Kein Problem Boss. Ich werd' mal eine rauchen gehen.« Der Häher hüpfte in die Luft. »Behalte sie, bin gleich wieder da.«

Stinkin' hob den Flachmann und nahm einen weiteren Schluck davon.

»Julio!«

Die junge Ratte ging zu seinem Vater und gemeinsam spazierten sie unterhalb der Büsche entlang des Zauns.

»Du und die Jungs bringt die Eingeweide in den Hof. Sobald alles am Set fertig ist, machen wir uns ans Ende der Kampfszene mit den Zombie-Katzen. Wir brauchen ein paar Aufnahmen vom Hof mit den Gedärmen, damit wir sie in den Kampf einarbeiten können. Verfluchte Metzger. Wo sind die Zombie-Katzen?«

»Die sind beim Schuppen.« Julio nickte zu sechs Ratten hinüber, die am Zaun lehnten. »Jungs.«

Die Ratten erwiderten seinen stillen Gruß und gingen zurück um die Metzger beim Entladen des Lastwagens zu beobachten.

»Haben sie das Geld bekommen?«, erkundigte sich Stinkin' Rat. Er nahm einen Schluck von der Flasche.

»Haben sie«, antwortete eine der Ratten. Er deutete auf einen Umschlag, der aus der Gesäßtasche eines Mannes hervorlugte.

Stinkin' und Julio gingen weiter und Stinkin' Rat erklärte seinem Produktionsassistenten/Set Director/Stunt Koordinator/Sohn, wie er ihm assistieren könnte.

Es hörte allmählich zu regnen auf. Die Ratten verteilten strategisch die Eingeweide und Knochen und versteckten sich im Hof.

Die Hühner machten die Kameras bereit.

Julio griff nach der Filmklappe.

Stripey und Scaredy hatten während ihrer Pause kauend vor einem heruntergekommenen Picknicktisch, der sich in einer Ecke des Hinterhofs befand, an der Choreografie ihrer Kampfszene geübt. Scaredy hatte sich Kunstblutbeutel umgeschnallt.

Stinkin' Rat saß unter der Hortensie.

Es begann wieder zu regnen.

Dirty Bird nahm auf einem Baum über ihnen Platz, er sollte Ausschau nach Menschen halten. Er gab ein Allesklar-Trällern von sich.

Als die Akteure sich auf ihren Plätzen einfanden und die Kameras bereit waren, sagte Stinkin' Rat: »Film ab!«

Julio schlüpfte mit der Filmklappe vor die Aufnahme. »Szene Siebzehn, Aufnahme Eins!«

Stinkin' Rat kreischte: »Action!«

Die Katzen sprangen in die Luft und verkeilten sich ineinander. Sie landeten auf der löchrigen Grasoberfläche – rollten und kratzten, schrien, spuckten und drückten sich gegenseitig in den Matsch. Die Hühner folgten mit den Kameras Stinkins hektischen Pfotenzeichen.

Scaredy packte Stripey am Nacken und zerrte ihn mit gefletschten Zähnen von seinem Gesicht weg. Er schrie: »Ich bin kein Zombie!«, und stieß Stripey von sich.

Stripey stürzte zurück auf Scaredy, seine abartig langen Krallen ausgefahren.

Julio machte die Windmaschine an.

Regen traf seitlich auf die kämpfenden Katzen.

Die Hühner zoomten Stripeys Gesicht heran. Später würden sie die Zombie-Stripey Nahaufnahme detailliert nachbearbeiten.

Stripey steuerte mit blutigen Krallen auf die Kamera zu und schrie: »Hiiiiirrrrnnnn!«

Er stürzte sich auf Scaredy Cat und schlitzte die Blutbeutel auf, die sich auf Scaredys Brust befanden. Kunstblut spritzte in Strömen; ein Strahl traf perfekt auf die Kameralinse.

Scaredy taumelte nach hinten auf einen Haufen herumliegender Gedärme zu und hielt sich dabei den Bauch, während das Blut zwischen seinen Pfoten wie ein Geysir herausspritzte. »Nein!«

Stripey heulte auf.

Scaredy fiel um.

»Cut!«, schrie Stinkin' Rat. »Verdammt, das war cool!«

Die Katzen gingen aufeinander zu und beglückwünschten sich gegenseitig mit blutüberströmten Gesichtern. Die Hühner sicherten die Kameras und gluckten vor Aufregung. Die Ratten schwärmten zu den Schauspielern.

Itsy, der Vagabund-Yorkie schaltete die Windmaschine ab und blickte über die Straße.

»Ach du Scheiße!«, jaulte er.

Er bellte und bellte, während Darsteller und Crew einander in der Mitte des Hofes gratulierten.

Schlussendlich nahm Stinkin' Rat Notiz von Itsys Gebell.

Auf der anderen Seite der Straße, im zweiten Stock eines großen alten Hauses, beobachtete sie ein Junge aus dem Fenster mit einem Fernglas.

»Was zum Teufel?!«, schrie Stinkin'.

Die Tiere im Hof erstarrten und glotzten den Jungen auf der gegenüberliegenden Seite an. Jedes Huhn kleckste.

»Wir sind geliefert!«, bemerkte Scaredy.

»Benehmt euch tierisch«, wisperte Julio.

»Dirty Bird!«, plärrte Stinkin' Rat.

Dirty Bird flog zur Gang im Hof. »Ja Boss?«, zwitscherte er.

Stinkin' schlug dem Häher auf den Schnabel. »Du fliegendes Stück Scheiße! Siehst du den Jungen mit dem Fernglas dort drüben? Er beobachtet uns!«

Der Vogel wandte sich um und blickte zum Beobachter.

Das Kind saß dort und starrte herüber.

»Oh, er?« Der Häher deutete mit einem Flügel in dessen Richtung. »Er doch nicht. Er stalkt bloß die Kleine, die im Haus hinter uns lebt.« Mit seinen gespreizten Federn deutete er auf die andere Seite. »Keine Sorge.« Dann fiel er um.

Die Tiere halfen Dirty Bird wieder auf die Beine und putzten den Schlamm von seinen Federn.

Itsy jaulte: »Er ist weg!«

Alle blickten zum Fenster und sahen, dass das Kind mitsamt dem Feldstecher tatsächlich verschwunden war.

»Scheiße!«, kreischte Stinkin'.

Dirty Bird beteuerte: »Er hat bloß das Mädchen beobachtet. Sieh doch!« Er deutete nochmals dorthin.

Der Vogel sprang auf den Zaun, hüpfte darauf hin und her und drängte den Director dazu, zu ihm zu kommen. Stinkin' Rat gesellte sich zu ihm. Mit dem Flügel deutete der Häher auf das Haus hinter dem Hof. Dort konnte man eine nackte Frau durch ein offenes Fenster erkennen, die auf einem großen, kuschelig weißen Bett lag, ihre Beine gespreizt hatte und sich mit einem rosa Vibrator befriedigte.

»Siehst du?«, fragte der besoffene Häher.

»Jaaaaaa«, sabberte die Ratte. »Ich sehe sie. Schnell, hol ein Kamera-Huhn her. Sag den anderen wir machen Pause. Und kein Wodka mehr für dich.«

***

Der Junge beobachtete nicht das junge masturbierende Ding namens Courtney. *Zuvor* schon. Er besah sie sich nämlich jeden Samstagmorgen. Courtney war wie ein Zeichentrickfilm – nur viel schärfer.

Dann hatte der Katzenkampf seine ganze Aufmerksamkeit erregt. Er hatte sich umgehend vom Pornofenster abgewandt und in den Hof gelugt, wo die Katzen kämpften.

Zuerst sah es wie ein großartiger Katzenkampf aus.

Erst später erblickte er eine Ratte, die unter einer Hortensie auf einem Directors Stuhl saß. Er sah einen Yorkie, der einen Ventilator – nein eine Windmaschine bediente! Und zwei - drei! - Hühner, die hinter Kameras standen. Und herumlaufende Ratten. Und überall Gedärme im Gras!

Als das Kind die Blutpackungen auf der einen Katze mit den unheimlich langen Krallen bemerkt hatte, und am Ende überall das Kunstblut sah, fing es an ein wenig auszuflippen.

Die Szene war vorbei. Die Ratten waren auf ihren Beinen. Die Hühner irrten um die Kameras herum.

Der Junge verfolgte das Geschehen im Hof, die versammelten Tiere, die sich gegenseitig auf die Schultern klopften und wie die Ratten den Katzen ein High Five gaben. Die Hühner verließen ihre Kameras und gluckten herum. Eine Ratte half die Blutpackungen zu entfernen. Da flippte er endgültig aus.

Der Hund hinter der Windmaschine fing an zu bellen. Er starrte dabei auf das Fenster.

Alle versammelten Tiere gafften nun den Jungen an. Ein Diademhäher flatterte zu ihnen herab.

Der Junge wunderte sich, was da abging.

Die Ratten quatschten auf den Vogel ein.

Der Vogel taumelte umher und landete in einer Pfütze. Alle Tiere versuchten sofort ihm aufzuhelfen. Als die Tiere nicht hinsahen, lief der Junge schnell die Treppe hinunter.

ROTTEN LITTLE ANIMALS
Kevin Shamel

ISBN: 978-3-9502701-4-3
Paperback
80 Seiten, EUR 12.00

Tiere sind auch nur Menschen! Und das Verrückte daran ist, dass sie ein eigenes Kino betreiben.

Sehen Sie was passiert, wenn eine tierische Filmcrew einen menschlichen Jungen entführt und einen Film über diese Entführung dreht. Lesen Sie Dinge über die Natur, die gar unnatürlich sind. Fürchten Sie ihre Tiere von diesem Tage an.

Zombie-Katzen Angriffe, Schießereien, Puppentheater im Drogenrausch, explosive Autoverfolgungsjagden, Kamera-Hühner, Fledermaus-Akrobaten, wilder Sex, Martini Partys, Rotten Little Animals ist eine verrückte Reise durch die Underground Tier Filmszene und ihren Weg nach ganz oben.

»… treffend, überdreht, spritzig und originell«
phantastiknews.de

SHATNERQUAKE
Jeff Burk

ISBN: 978-3-902802-13-2
Taschenbuch
100 Seiten, EUR 9.95

William Shatner? William Shatner. WILLIAM SHATNER!!! Es ist die erste Shatnercon mit William Shatner als Ehrengast! Nach dem fehlgeschlagenen Attentat der Campbellian, einem durchgeknallten Bruce Campbell verehrenden Terroristen Kult, geraten alle Charaktere die William Shatner je gespielt hat, in unsere Welt. Ihre Mission, den echten William Shatner zu jagen und zu vernichten.

Featuring: Captain Kirk, TJ Hooker, Denny Crane, Rescue 911 Shatner, Singer Shatner, Shakespearean Shatner, Twilight Zone Shatner, Cartoon Kirk, Esperanto Shatner, Priceline Shatner, SNL Shatner, und – natürlich – William Shatner!

Kein kostümierter Conbesucher wird von der Welle der Zerstörung verschont. Kein Träger eines roten T-Shirts kann sich gegen den irren Captain Kirk mit seinem Lichtschwert wehren. Aber die Shatner Klone lernen dabei eine harte Lektion … der wahre William Shatner übernimmt nicht jedermanns Charaktereigentschaften. Nichtmal von sich selbst.

Es ist Shatnertastisch!

DER TRIP
Jeremy C Shipp

ISBN: 978-3-902802-11-8
Taschenbuch
180 Seiten, EUR 12.95

Gesellschaftskritischer und bizarrer Lesestoff der zum Nachdenken animiert.

Schluss mit dem langweiligen Dasein eines Blaublüters! Zeit für DEN TRIP – eine einjährige Odyssee, gesponsert von den freundlichen Konzernen der Nachbarschaft. Doch die große weite Welt bekommt Bernard Johnson nicht zu sehen. Dafür wird er ein Entführungsopfer und die Schlüsselfigur eines geheimen Drogenkriegs. Und vermisst dabei nicht ein einziges Mal seinen ganz eigenen „American Dream".

»Shipps klare und eindringliche Stimme zieht einen hinab in den Kaninchenbau und lässt einen nicht mehr los.« Jack Ketchum

»Jeremy Shipp ist eine hervorragende Droge. Ich hoffe dieses Buch wird bald aus den Highschools verbannt!« John Skipp

Besuche uns online

http://www.voodoo-press.com

http://www.facebook.com/Voodoo.Press.Verlag

http://twitter.com/voodoopress